259 SALTOS,
UNO INMORTAL

259 SALTOS, UNO INMORTAL

Alicia Kozameh

ARS
COMMUNIS
EDITORIAL

259 SALTOS,
UNO INMORTAL
Alicia Kozameh

ISBN 13: 978-1-7350292-0-7

Library of Congress Control Number: 2020943216
Copyright © 2020 Alicia Kozameh
Copyright © 2020 Ars Communis Editorial

Publicado anteriormente en:
Narvaja Editor (Córdoba, 2001)
Alción Editora (Córdoba, 2012)

www.arscommun.com

Foto de portada: "maystra" http://www.istockphoto.com
Diseño general: Franky Piña

ARS
COMMUNIS
COLECCIÓN RIOLAGO

A los miles de ojos que, flotantes,
desde el exilio más definitivo
me dan la luz.

Y a David Viñas, que vive.
Que increpa desde sus tantos destierros,
y desde las transparencias de
estas –siempre demasiadas- palabras.
Febrero, 2012.

Hey, baby, take a walk on the wild side!
Lou Reed

1   Se absorbe no exactamente a medias. Menos. Menos. Se va absorbiendo una sexta parte de lo que acontece. A los costados de la cabeza la luminosidad envuelve pero no abarca, la luminosidad angelina rodea pero no atrapa las sienes, la cabeza más bien abandonando hechos a derecha e izquierda, dejando perderse contra las vidrieras de los negocios del Santa Mónica Blvd. todo lo que no se recupera. Esa primera visión, la irrepetible, va quedando diluida en el desplazamiento. El auto avanza y el cerebro dormita ante la voracidad de los ojos ingenuos, engañados. Lo que no se vio hoy no se verá mañana. Pero no hay forma de ser mañana lo que se fue hoy, y el sol ha empezado a bajar.

2   Quizá ha empezado a bajar rojo, enrojecido.

3   ¿Habrá que retroceder, dar uno, dos pasos atrás, y observar los colores? ¿Habrá que permitirle a la nueva luz el control sobre los tonos, sobre la variedad de matices? ¿Habrá que permitirle a la nueva luz el privilegio de otorgar las formas?

4   ¿O habrá que pelear?

5   Esto es Los Ángeles: ¿será mejor emplear una terminología menos belicosa, más playera? Digamos: resistir. ¿Habrá que ofrecer resistencia a la imagen que la nueva luz otorga?

6   Los acontecimientos se contraponen a la historia. Aparecen desde ángulos opuestos y avanzan fluidamente en la dirección contraria. Con una cadencia que me hace imaginar que se desplazan sobre patines. Y la historia, atónita. Preguntándose qué hacer con ellos. La pobrecita historia.

7   Dónde ubicarlos. Cómo distribuirlos. Qué estrategia usar para no herirles la susceptibilidad. Para que no se exalten. Para que no se inquieten demasiado. Para que en medio del nerviosismo no se les aflojen las rodillas y pierdan el equilibrio y terminen explotando de un golpazo contra el piso y decorando la vereda con litros de rojos vistosos y espesos. Encima de acontecimientos sobre patines y a contramano de la historia, destrozados contra el piso, el parqué, las baldosas de la vereda, el césped de la plaza, las flores de los jardines de Bel Air, la arena de la playa.

Ah, perdón, qué olvido: y contra la verde estridencia de las colinas de Hollywood.

8   Ahá: contra la verde, verde estridencia.

9   ¿Y si fuera posible encontrar la manera de ir frenándolos, poco a poco —es cierto: primero habría que tener claros el significado y las implicancias del "poco a poco", pero bueno—, hasta detenerlos, no sé, con algún engañito, una mentirita, con la promesa de algún chupetín, un chocolatito, y ahora sí no poco a poco sino de un tirón, arrancarles los patines, arrancárselos, aunque salgan con medias y todo, tirarlos lejos, lejos, que vayan a parar donde no puedan volver a encontrarlos, y obligarlos a que se pongan unos zapatos nuevos y más o menos duros, para que les cueste caminar, para que les duelan, les sangren, se les revienten los pies, para que tengan que caminar despacio?

10   ¿Despacio?

11   ¿Y si, además de que las medias se les agujereen, se quedan sin medias? ¿Y si encima de quedarse sin medias y sin patines, a los acontecimientos les da por tener un ataque de nervios? ¿Y si, en lugar de caminar despacio por culpa de las ampollas, deciden lisa y llanamente dejar de caminar?

¿Y si nos quedamos sin acontecimientos?

¿Y si a alguien se le ocurre que entre que los acontecimientos se desplacen a contramano de la historia y que surja la falta de acontecimientos, es preferible la falta?

12 Nada impactante la falta estallando contra la verde, verde estridencia. La nada contra lo que suena, huele a nada. Pan con pan comida de zonzo, se dice en mi país. Se les escucha a los enamorados del contraste. De los diversos, posibles contrastes.

13 Y es en esas circunstancias en que el silencio asume sus distintas formas. Con lo del pan con pan.

14 Pero hay que reírse. Hay que reírse mucho. Muchísimo. Hasta más no poder. Hay que ser capaz de recordar los momentos de audacia y estirar los brazos hacia el cielo -o hacia el cielorraso, si todavía se cree en la modestia- y flexionar las rodillas, y saltar, dar brincos, estirar el abdomen, la cintura, separar los labios, mostrar los dientes, abrir la garganta y largar infinidad de sonidos. O, por qué no, sin estirar los brazos al cielo acomodar lentamente el culo en cualquier silla, asiento de avión, banco de plaza, sofá de la propia casa o de la de un amigo, o amante, cerrar o entrecerrar los ojos, respirar levemente, levemente sonreír, levemente inventarse un suspiro. De esos que aparecen en dirección al aire que nos rodea sólo a través de la comisura de los labios. Quizá la comisura izquierda.

Hay tantas formas de decir que sí a lo que somos capaces de ser.

15 Y también es en esas circunstancias en que el silencio asume sus diversas formas: sin lo del pan con pan.

16 Sin o con.
Con o sin.

17 Se absorbe una sexta parte. O menos. Y a pesar de que Los Ángeles es una ciudad sobre ruedas, nadie obliga a nadie a no caminar.

Uno va lentamente, prestando atención a los detalles. Porque los detalles son de verdad curiosos. Ay, los rubios, altos detalles, con una trenza y cara de hi. Ay, las niñas con nariz y labios de negra y pelo motoso y rubio, y ojos verdes. Ay los mejicanos jardineros y mucamas esperando el autobús en las paradas de las avenidas más anchas de Beverly Hills. Ay los negros y las negras en bicicleta con los ruleros bien instalados con la sana intención de darle a su pelo una buena estirada. Ay, ay, ay ese negro alto con dredlocks, tan rastafario y sonriente, que se me convierte en imán y al cual me quedo pegada cada vez que decido acercarme al mar (en auto, claro) y caminar por el boardwalk en Venice Beach. Ay, los detalles.

Uno va lentamente, prestando atención. Poco a poco la sexta parte se va convirtiendo en quinta, en tercera, en la mitad. De pronto se llega a absorber la mitad. Lo cual no es poco. El exilio puede obnubilar. Anestesiar. Adormilar. Estupidizar. Realmente estupidizar: no en sentido figurado. No, no, no: no en sentido figurado.

18 Los ruleros. Me conmueven los ruleros. Como casi todos los habitantes de nuestro planeta Tierra sabemos, los ruleros son de plástico. Y para que entre el aire a través del pelo, para que el pelo pueda llegar a secarse en algún momento, el rollo de plástico está lleno de agujeros. Que difieren en su forma de acuerdo a la marca del producto: algunos ruleros están llenos de agujeritos redondos, otros ruleros están llenos de agujeritos cuadrados. Yo no sé hasta dónde llega la imaginación de ciertos seres humanos, yo no sé qué imagina cada persona que pudiera estar metido, enganchado, incrustado, en cada agujero, cuadrado o redondo, de cada rulero de cada cabeza de los que quieren alisarse o enrularse el pelo. Sé, sin embargo, qué es lo que yo me imagino: ni un rojo pedazo de sandía, ni una verde hoja de árbol, ni la tecla blanca inmaculada de un piano nuevo, flamante, ni un grisáceo pedazo de papel abollado, previamente escrito con tinta azul y arrancado de alguna carpeta de escuela secundaria y mandado a volar por una mano experta, de escuela secundaria. No. Me imagino (y hasta lo veo, lo veo asomarse por el agujerito redondo o cuadrado, mirarme a los ojos con ternura, observarme atravesar las calles alborotadas y angelinas, guiñarme un ojo y darme toneladas de ánimo y coraje) a un preso político argentino. Un preso o una presa. Rodeado de los elementos de todos los días: el plato de metal, el jarro de metal, el pedazo de jabón, la abundancia de cigarrillos, algo de ropa interior gastada y limpia, una carta del hijo de cinco años recibida hace dos semanas y, sobre todo, más y más presos y presas. Más que nada, eso: el resto de los presos políticos argentinos.

19 Se los ve asomarse por todos los agujeritos de los ruleros que se ponen los que eligen enlaciarse o enrularse el pelo. Y se los ve, también, asomarse por todos los

14

demás orificios existentes en esta ciudad. Que es la ciudad más extendida del mundo. Todos los agujeros: los de los troncos de los árboles. Los de las ropas de los homeless. Los de los cerebros de los dementes. Los de las alcantarillas por donde se desagotan todas las angustias. Se los ve. Sí que se los ve.

20 Ver.

21 Oler.

22 Lo de no tener un sentido del olfato demasiado desarrollado conduce, como es de público conocimiento, a otros desarrollos: a tener una vista agudísima, por ejemplo. Entonces resulta que se ve todo. Incluso va creciendo la posibilidad de la visión panorámica. Y a pesar de la sorpresa general, poco a poco se van descubriendo otros fenómenos. De pronto, un día, aparece una sensación de molestia en la zona alta de la nuca, y uno no le da importancia. Uno o dos días después, pica. Se hincha. Y hasta puede doler un poco. Naturalmente uno lleva las manos al lugar para tantear, para averiguar lo que está pasando. Al tacto se percibe como algo montañoso y húmedo, y suave, a no ser por la textura del pelo, que se interpone. Uno recorre los armarios hasta encontrar un espejo de mano y se va al baño, se pone de espaldas al espejo del botiquín, que es más grande, y de frente al más chico, se separa el pelo en el área de la molestia, y los descubre: dos maravillosos ojos, parecidos a los originales con que se ha nacido, con largas y arqueadas pestañas. Todavía cerrados, sin embargo. Seguramente se abrirán al día siguiente. La intensidad de la sorpresa y del horror no da lugar a los gritos. Tan atónito como la historia al ver pasar los acontecimientos sobre patines, se queda uno. Tanto o más. La garganta se cierra. Las rodillas parecen recorridas por una infinidad de hormigas que, afortunadamente, son de las que no pican. La perplejidad provoca el aflojamiento de los músculos de la mano y el espejo va a dar contra el piso y se hace añicos. Pronto. A buscar otro. No hay. Sólo el de la cajita para el lápiz de labios. A ver.

Mirar de nuevo. Y, sí, ahí están. Con un pequeño cambio. El cambio es que se percibe un cierto movimiento. Parece que los párpados están ahora tratando de separarse.

Y el próximo pensamiento es: ¿qué hago?, ¿me corto el pelo en esa zona? Porque, ¿quién está en esta vida en condiciones de despreciar una oportunidad como ésta de verlo todo al mismo tiempo? Pero no, no hace falta: al tocar, esos mechones se van desprendiendo. Solos. Van cayendo, deslizándose por los hombros, hasta diseñar sinuosos arabescos sobre el piso del baño. Y, entonces sí, los ojos empiezan a abrirse. ¡¡¡Yuju!!! ¡¡¡Aleluya!!! Empiezan, sí, a abrirse.

23 Se van abriendo, abriendo. Y, a través del espejito de la caja del lápiz de labios, hasta parecen brillar en una expresión risueña.

24 Pero algo se me quedó enganchado entre la entrada y la salida del cerebro. Que son la misma. La misma puerta. Eso es lo que me entusiasma: que la abertura para la entrada y la salida de las genialidades que se nos ocurren, es una. Los encontronazos, las mezclas, los golpes, las caídas, las combinaciones, las peleas y las reconciliaciones entre la desopilante caterva de ideas que entran y las que salen es lo que me hace amar tanto esa blanca, blanda, pesada pelota. Es lo que me da la única alegría. Porque al cerebro, qué más se puede decir, hay que amarlo. Mimarlo, comprenderlo. Y regalarle, cada tanto, algún orgasmo. Chiquito, aunque fuera, ¿no?

25 Lo que se me había quedado enganchado: aquella pregunta de unas páginas atrás: ¿Despacio?

26 Despacio. Una palabra que suele generarme en la musculatura del estómago movimientos sordos, ciegos, turbulentos. Pero cuando la misma palabra se presenta abarcada, contenida por esos dos elegantes trazos enrulados con sus sendos puntitos decorativos y simpáticos, entre los que todo se relativiza, no: así no me da náuseas.

27 Porque cuestiona, pero no define. Porque no define, pero cuestiona.

28 Lo cual es adecuado en relación con esa palabra, pero no con las que se le oponen. Velocidad, por ejemplo. ¿Y yo por qué, digamos, voy a querer verla entre rejas, fríamente interpelada?

29 Quiero, de verdad, con toda mi voluntad intento, volver a la mentada ¿Despacio?, pero algo me tironea en otra dirección.

Porque no es fácil ver, a pesar de los flamantes ojos en la nuca y todo eso, que sí, que los ritmos cambian. Y reconocerlo, ni hablemos de que sea fácil reconocerlo.

Cambian. Cambian. Cambian.

Para no dañar el cuerpo. Para que el cerebro no salte, no se desparrame en esquirlas. Para que, en la semiquietud de la supuesta observación, de la pretendida hondura de la mirada, los pulmones se distiendan y permitan la entrada del oxígeno. ¿De qué oxígeno? Del que, en combinación con la consabida proporción de... lo que sea, forma el aire de Los Ángeles.

30 Con bastante smog, por cierto, a mediados del año 1980.

31 Habrá distintas teorías, descripciones, formas de considerar su existencia, sus aptitudes, su nivel de importancia. Pero para mí un reloj pulsera no es ni más ni menos que un circulito, o cuadradito, u ovalito de metal, o de plástico, si vamos a tener en cuenta las familiares versiones del ya viejo kitsch, sujetado a la muñeca con una tira de cuero, o de metal, o de plástico, o de cualquier combinación de estos elementos. O de otros. La indiferencia por esa forma de vanidad me supera. Hay otras formas de vanidad que no me abandonan, sin embargo, ya que de todos modos no avisoro por los alrededores a nadie que me reclame modestia. Además me perturban. Me hacen cosquillas en el comienzo de la mano, los relojes, y eso es grave. Nada puede o debe hacerme cosquillas en la mano o en sus cercanías. Nada, por estas áreas, de boicots escriturales. Y un reloj de pared es otra esfera que difícilmente pueda resultar indiferente. En una mesa alrededor de la cual cenan veinte o treinta invitados, vestidos todos con sus más sofisticados atavíos, encajes, sedas y más encajes, ubicada en el centro de un comedor majestuoso en el que un gran reloj de pared está instalado frente a todos ellos, ¿quién puede sustraerse a la adicción de observar las agujas hasta encontrar el momento justo en que la más larga pasa de un segundo al próximo?

Hecho que pierde total trascendencia frente a la desesperación de que podría ser víctima si las circunstancias de la vida me ponen frente a un entusiasta, energético, irrefrenable reloj cucú. Cualquier palo, de escoba, de leña, cualquier cucharón, espumadera, cuchillo gigantesco con origen en cualquier cocina del mundo, cualquier diccionario Larousse, o María Moliner, va a ser de gran utilidad como objeto destinado a neutralizar las energías del colorido pajarito, que no picoteará árboles como el laborioso pájaro carpintero, pero que no se esfuerza en absoluto en evitar el pinchoteo sobre mi sistema nervioso central.

32 Tut-turút...

33 ¿O es un pomelo al que se le inyectó una sobredosis de hormonas que le aceleró el ritmo de crecimiento y que, sobre el final del proceso, cuando ya estaba lo suficientemente desarrollado, fue sorprendido por la aparición de unas setecientas aplanadoras como las que se usan para apisonar la tierra antes de volcar sobre ella lo que va a terminar después en pavimento, maquinarias que le pasaron por encima, una y otra vez, hasta dejarlo más chato que una hojita de papel higiénico, y después los indios, es decir, y será que después aparecieron los indígenas, los que eran los dueños y señores de estas tierras antes de que viniera a ejercitar sus habilidades el simpático de Colón, y al no poder entender qué era lo que le había pasado al gigantesco dios Pomelo bajo las aplanadoras, alistaron sus arcos y le tiraron algunas flechas en un intento de no dejarse conquistar, flechas con forma de agujas de reloj, que de tan confundidas por no haber quedado bien clavadas se pusieron a dar vueltas alrededor de? No. No jodamos. Es sólo un reloj pulsera. Inmenso como un pomelo agigantado con hormonas. Inmenso como el tiempo. Extendido hacia atrás y hacia adelante como los hechos y sus consecuencias. Como la producción de nuevos hechos a partir de cada consecuencia. La simetría de lo irremisible.

34 Con simpleza de bebé nacido un par de meses atrás, en 1980, casi 1981, yo había escrito sobre la servilleta de un restaurante angelino, de los baratos, Denny's, seguramente, un desafortunado rejunte de palabras. Literariamente penoso. Tanto, que lo abollé y lo mezclé con los restos de la salsa de tomate con que me habían hecho tragar los spaguettis, restos que se llevó el viejo mozo mexicano. Que se llevó para siempre.

Y en la noche del 4 de febrero de 1999, en Teasers, mientras cantaba y destartalaba el piano con su banda de rock sureño un cierto cercano amigo, anoté en una servilleta del restaurante una literariamente penosa combinación de palabras.

Brian parecía muy serio en los intentos de lograr sus mejores alaridos, pero los ojos se le salpicaban en dirección a mi mesa con gran vivacidad. Ojos llegados de Oklahoma City a Los Angeles casi una vida entera atrás.

Mi nombre se había estado yendo. Lejos. En la distancia había ido apareciendo el cemento, la liquidez del aire, el aislamiento de tres o cuatro estrellas quién sabe instaladas ahora dónde, en qué densidad de silencio, la novedad de lo desdivinizado por la historia recientemente vivida, el formato de los acontecimientos sin acaecer, sin haber pasado por la capacidad de desaceleración, de detenimiento, que otorga la lejanía. El nombre de cada una, de cada una de nosotras, se había instalado lejos, y había que recuperarlo. La tarea era ahora esa recuperación, ese transcurso hacia el rescate. Un recorrido que debía ser de poros abiertos, cuando en la realidad todos nuestros poros estaban obturados por tanto movimiento. Y ¿cómo resolver la obstrucción?, ¿cómo darle una buena enjuagada al filtro? El rescate del nombre era una lucha que necesariamente implicaba una victoria. Cualquier otra opción representaba la muerte. Después de lo cual la pregunta que imponían los hechos, era: En qué áreas estábamos más vivos. En qué zonas conservábamos saludable la circulación sanguínea. Por dónde se visualizaba más activa. Algo que había que explorar. Y explorar. Y explorar. Y seguir explorando.

¿Y cuánto importará, realmente, discernir si esto fue escrito sobre los finales de 1980 o en los inicios de 1999, sobre la servilleta de Denny's o sobre la servilleta de Teasers? ¿Sola, en 1980, en el intento de eliminar algunos de los agobios de lo cotidiano o, en 1999, rodeada de Brian y su banda, mi amiga Liliana, y el inaudible murmullo de los barcos frotándose contra la superficie nocturna del agua de la marina?

35 Adelante con los faroles (decía bastante seguido el David Viñas del exilio argentino en México, mientras untaba mermelada de naranja en una manzana que había pelado y cortado en cuatro para los dos). Adelante con los faroles, compañera (decía).

36 ¿Y los que no tienen faroles?

37 Se absorbe, se percibe, se capta parcialmente. A los costados de la cabeza la luminosidad envuelve. Pero no abarca. La luminosidad. Tan marítima.

38 Griego, el tipo. Cincuentón. Viudo. Con un hijo de unos ocho años. Con un puesto de verdulería en un mercado de Glendale. O algo así.

39 Mencionaremos. Recordaremos y mencionaremos. Y dejaremos escrito.

40 Griego, el tipo. Viudo. Con un hijo de unos ocho años. Cincuentón. Con un puesto de verdulería en un mercado de Glendale. Con un diccionario griego-español/español-griego tirado sobre la mesa del patio como sobre una infame acumulación de residuos. Sobre la mesa de falso mármol y patas de hierro invadidas por las acideces ocres del herrumbre. Del patio que habitaba en ese agosto confuso. El hombre, ¿no? Aunque, quién sabe, con lo de confuso quizá él no estaría muy de acuerdo. A la mañana siguiente entendí que él no tenía ninguna duda sobre cuáles eran sus más íntimos deseos.

Qué les mostraba a Raúl y a Marisa, mientras los tres recorrían la casa y el hombre se expresaba en un inglés duro y para mí irreconocible, qué les mostraba, qué sacaba de adentro de los cajones de la cómoda que estaba frente a la cama en la que me iba a tocar dormir. Qué era, además de lo que solamente era, esa minifalda color marrón, absolutamente inolvidable y que yo jamás volvería a ver. Qué razón tenían Raúl y Marisa para mirarse entre ellos y evitar mi mirada interrogante. No tenían nada que decirme. Qué les decía el viudo griego y cincuentón que necesitaba una persona que lo ayudara en la casa, y que exhibía categóricamente la minifalda mientras me señalaba a mí. Qué se suponía que él suponía que yo pudiera tener que ver con esa minifalda.

Qué alegría las noches de agosto de 1980 en Los Ángeles. Qué dulzura haber llegado sin un centavo y con el pasaje pagado por todo el grupo de amigos rosarinos que intentaban salvarle a uno la vida. Qué felicidad la única opción de trabajo sirviendo a un viudo griego, petiso pero musculoso. Qué finura, qué delicadeza la minifalda color marrón colgando de las dos manos de mi flamante patrón. Qué armonía mental entre Marisa y Raúl que se van en su Audi diciéndome que todo va a ir bien, que sólo hay dos baños en la casa, que no hay mucho que frotar, que también debo dedicarme al chico, ya que tanto me gustan los niños y me conmueven las personas con dramas familiares. Qué admirables las sentidas palabras de Marisa que va pronunciando mientras se aleja el Audi: ¿Viste?, la vida, cuando somos verdaderos revolucionarios, hasta en Los Ángeles nos da la oportunidad de sacrificarnos, de probarle al mundo nuestra fortaleza de acero. Claro que sí. Hasta en Los Ángeles, che.

Y se percibe a medias. Menos, en realidad. Menos que a medias.

41 No importa qué es uno. No importa, a veces, cuáles son los pensamientos, los deseos que nos persiguen, nos acosan. Uno se desangra en la empresa de tratar de contestarse, por ejemplo, qué esperan los otros de uno. Qué se imaginan los otros frente al aspecto que tenemos, frente al tono de nuestra mirada, frente a la sorpresa que se hace visible, que se va enredando con nuestras facciones, la misma sorpresa con la que recibimos lo que va aconteciendo a nuestro alrededor. Qué pensarán los otros que son nuestras necesidades, nuestros deseos. Boquiabiertos, totalmente indefensos puede dejarnos la horrorosa distancia que desde siempre había estado instalada entre nuestro sentimiento y la creencia que los demás alimen-

:an sobre lo que ellos realmente son. Entre nuestros entendimientos profundos, indudables, y los de ciertos otros.

Tut, turút...

42 Casi como haberse tragado el contenido de cien cubeteras de hielo sin derretir ni moler. Como si el hielo hubiera entrado a los martillazos a través de la garganta semicerrada. Así, con el frío y la rigidez y la alteración de los golpes de la sangre contra las pocas alternativas del corazón, había que caminar desde la puerta de calle después de despedir a los amigos, decir good night al griego y a su hijo, entrar al dormitorio asignado, cerrar la puerta por dentro con dos vueltas de llave o con lo que fuera que se asegurara las puertas en ese momento de la historia de los Estados Unidos, y esperar a que transcurriera la noche. Sin desprenderse ni un botón, sin sacarse los zapatos, sin abrir la cama ni taparse con las sábanas. Lista para lo que pudiera acontecer. Lista para el recuento de los sucesivos segundos marcados por el reloj que me iba a despertar a las 6:00 de la mañana, en el inverosímil caso de que permitiera a mis párpados rozarse unos con otros. Lista para no dejar que las lágrimas se tornen invasivas, pesadas: no es posible aparecer con los ojos hinchados a servirle el desayuno a ese chico.

Lista para apretar, sí, sí, apretar, comprimir el pensamiento, el estallido de figuras en movimiento entrando por una sien, llevando a cabo su danza carnavalesca, golpeándose contra el cráneo y resbalándose por las hendiduras y los surcos del cerebro, blando, baboso cerebro. Lista para evitar que se escurra por la otra sien. Las figuras y las imágenes, Maura, vieja y dura Maura, peleadora Maura. Silvana enronquecida por el esfuerzo de dar esa clandestina clase de primeros auxilios en voz, digamos, baja, inaudible para la Japonesa, celadora de origen, para qué insinuarlo, japonés. La frente de Griselda marcada y fría por haber estado demasiado tiempo apoyada contra el tirante de metal que sostiene la cama superior de la cucheta carcelaria. Apretar, comprimir, apretar la sucesión de colores y movimientos, de inquietudes y silencios, mientras mis músculos de exiliada política en su nuevo trabajo de mucama no encuentran una manera de definir sus deseos, sus necesidades, sus urgencias. Mientras no dejo pasar, en la cuenta, ni un segundo de los que van quedando marcados entre las ondas del aire, desprendidos de la esfera semiluminosa, en su camino hacia las 6 de la mañana del día siguiente.

43 Mientras los músculos no se definen, no se deciden a pesar lo suficiente como para asentarse sobre el cubrecama oscuro de matelassé. Yo, la levitadora, la levitadora de Glendale. Mientras me pregunto por la razón de mi propio nombre. De mi propia existencia. Mientras me interrogo sobre el efecto posible del sonido de mi nombre, de cada una de las letras que lo componen, si ahora me decidiera a pronunciarlo a gritos, contra el aire. Ahora, así, como en el Sótano: con los zapatos calzados fuertemente, hasta las últimas consecuencias. Y como habré dicho alguna otra vez: La ropa que nos cubre. Siempre puesta.

44 Y, sí. Así es como uno ve avanzar, un poco en una dirección, un poco en otra, el curso de lo que lla-

mamos vida. Mirando hacia aquí, girando la cabeza hacia allá, torciendo el cuello demasiado hacia adelante. Forzando los omóplatos para que nos permitan echarle una ojeada a lo que acabamos de dejar a nuestras espaldas. Que se nos pegotea en los hombros, en los ojos, como chicle, como brea en las plantas de los pies, entre los dedos, a la orilla de la playa.

45 Pero antes de que avanzara, realmente, la vida, en mi caso llegó la mañana. Y a las 6 no sonó el despertador, porque habría sido un ruido innecesario. Yo había montado guardia, como en el Sótano, pero no por sólo dos horas ni con la paz interior de una compañera con la cual entendernos en voz baja y sorda. No, no, no. Además iba a ser golpeada mi puerta, y a esa posibilidad yo no estaba en absoluto atenta. Una vocecita de niño con angurria mañanera iba a decir, apresurada y demandante, mamá, mamá, quiero el desayuno.

Abrí la puerta rapidísimo, rapidísimo. Abrí la puerta y lo enfrenté. Dejé surgir mi pésimo pero radiante inglés para preguntarle quién le había dicho que yo era su madre. Y me entendió, sí, lo juro de rodillas: me entendió. Me contestó que él sabía que yo no era su madre, pero que también sabía que lo sería pronto. Y yo le había entendido. Cómanse ésta los descreídos de la magia. Los escépticos, los que no confían en el Reino de los Cielos y asuntos parecidos. Yo le había entendido. Y él me había entendido a mí.

Salí del cuarto y caminé detrás de su ya corta figura (aunque no todavía musculosa). Me encaminó a la cocina y me mostró cómo echar el cereal en el plato. Evidentemente el chico percibía alguna forma de ignorancia en mí, que no podía identificar.

Y por las dudas se tratara de cómo servirle el desayuno, se dedicó con gran delicadeza y don de gentes a instruirme. O sea que fue él quien lo hizo, lento, didáctico y certero: sin volcar ni una hojita de cereal ni derramar una gotita de leche. Y mientras el muchachito se mostraba tan meticuloso y perfeccionista, asomó su griega cabeza el padre por la puerta que comunicaba el patio con la cocina, el padre, que había salido a trabajar en la madrugada y que, por quién sabe qué razón, se hacía ahora presente.

46 Ya que se suponía que yo estaba a cargo de la casa. A cargo de limpiar y de cuidar de la casa y del niño en ausencia del padre, el griego petiso y musculoso. Y ya que se suponía que esa ausencia duraría, como mínimo, desde las cuatro de la mañana hasta las siete de la tarde.

47 Presencia. Opuestos. Ausencia. Fuerzas ejerciendo presiones unas contra las otras, y las tormentas: ¿Quién realmente puede decir, puede reconocer, la diferencia entre estar presente y estar ausente? ¿Qué es estar y qué es no estar? ¿Quién está y quién no está? ¿Qué es haber estado y haber dejado de estar? ¿Qué es haber realmente estado, de cuerpo completo y presente, en la pelea cotidiana, en la búsqueda de un detalle, de una idea, de una manera de ir creando un formato de mayor belleza en el que fuera posible contener las dimensiones de este mundo? ¿Qué es haber dejado de estar en calidad de lo que se fue, de lo que se hizo? ¿Qué es haber sido parte de las formas y de los contenidos y haber dejado de serlo?

¿Quién estaba y quién ya no está? ¿Quiénes estaban y quiénes ya no están? ¿Cuántos estaban y cuántos ya no están? ¿Dónde están los que antes estaban y que de pronto han dejado de estar?

48 Cuidado. El que pregunta debe atenerse al rigor, a la acidez de la respuesta.

49 Y la primera pregunta, implícita en el tono del comentario, era: ¿Por qué razón se hacía ahora presente en su casa el señor griego verdulero de un mercado de Glendale?

50 Y habrá que arrancarse la respuesta de donde sea que esté jugando a esconderse. De donde sea que esté mimetizándose con el engaño. Habrá que ir rearmándola, si entre uno y otro tironeo se nos desfiguran un poco sus contornos. Y habrá que ponerla en orden, si en el esfuerzo se nos altera la disposición de sus elementos. Y habrá que escribirla, y dejarla muy bien ubicada en una zona segura y quizá muy obvia de la existencia. Por si se nos da por hacernos los vivos, los amnésicos. Para que, aunque sea por el ángulo más lubricado del ojo, el que aparece como menos interesante, menos activo, nos veamos obligados a darle una revisada de vez en cuando.

51 Entró a la cocina por la puerta que daba al patio, le ordenó al entrenado hijo (este episodio ya se había producido varias veces antes con coprotagonistas sucesivas) que llevara su plato de cereal con leche al dormitorio y se lo comiera allí, a puertas muy, pero muy cerradas. Orden que el niño, con proverbiales sabiduría y disciplina, cumplió sin chistar. Y vi, yo, como a un rayo, la pequeñez y el vigor del señor griego saltar sobre mí. Con cada una de sus tensas y musculosas manos agarradas a cada una de mis tensas y no tan musculosas tetas. Pum. Contra la heladera. Que se sacudió violentamente. A modo de queja, supongo. Ya que la situación era como para quejarse. La pobrecita inocente inadvertida heladera, cuya única intención y función en medio de este atolladero de acontecimientos (que más que sobre patines parecían manejar con toda propiedad el fórmula 1 de Fittipaldi) no era más que funcionar, cumplir con lo que se le había pedido, que era hacer un continuado sonidito sordo de a ratos y, de paso, mantener los alimentos crudos y cocidos a una cierta temperatura que no les permitiera descomponerse.

Pudrirse, digamos. Para hacer honor al uso de las propiedades semánticas de la servicial palabra. Para que la palabra pueda ejercer plenamente sus virtudes. Para que pueda decirlo todo. Para evitar su sentimiento de ofensa. Para que no se sienta desdeñada. Para que cumpla con su función de parábola, de símil, de alegoría. De verdadera representante de lo que designa y describe. Con integridad.

52 Y ¿por qué, mejor, el señor verdulero y griego no intentaba una pareja con la fiel y fidedigna heladera (que, de paso, no se iba a poner a desperdigar molestos alaridos que lo impulsaran a escaparse como una flecha en dirección a la verdulería, que no iba a usar el teléfono para relatar entrecortada y en medio de una acumulación de terrores a los amigos que la habían depositado allí la noche anterior los hechos que no se decidía a creer, exigiéndoles que la rescataran de ese horror ya mismo, ya mismo) en vez de emplear sirvientas para intentar violarlas? Aunque tienen unas rueditas las heladeras, ahí abajo, ¿no? Y, no sé, con un fuerte estímulo, quién sabe, alguna emoción especial, alguna idea que las conmueva profundamente, vaya uno a saber, hasta podrían llegar a... No sé: no sé lo que quiero decir y no es momento de payasear.

53

Y hablando de presencias y de ausencias, ahora presenciaremos a la heladera, blanca, enorme y angulosa, más estimulada que lo habitual, fresca, fría, helada por dentro y llena de comidas multicolores y multigustos, en apariencia nunca agobiada por la invariabilidad de su tarea conservatoria, inocua por fuera y con una cierta textura rugosa al tacto, rígida y dura y definitivamente cuadrangular, la presenciaremos en movimiento. Corriendo desaforada hacia la puerta de calle, arrastrando el bolso que contiene las ropas y los libros destinados a resistir seis días de la semana, abriendo la puerta, trasponiéndola, y detenerse en la esquina, en una esquina de Glendale, supuestamente, a esperar sin ninguna tranquilidad la llegada del Audi de los amigos que, tras depositarla en ese incomprensible infierno la noche anterior, ahora, a las 7 de la mañana del día siguiente, no tienen más alternativa que aparecer a recogerla.

Surrealismo, posmodernismo, dadaísmo, boom latinoamericano, finales de siglo, pastiche, guerra fría, guerra hirviente, ¿a quién, realmente, le importa?

54 Y a vos, piba, ¿qué te está pasando? ¿No te les animás a los formatos más o menos salvajes? Porque, de los contenidos, ni hagamos mención. No los conjuremos. Shhhh, calladitos. No los despertemos, no los inquietemos a los locos contenidos. Podrían arruinarnos la paz. La diversión. La existencia.

55 Shhhh.

56 Y, pero, ¿qué es un contenido? ¿Qué es, cómo se delinea, qué representa, cómo se encara un contenido? Un contenidito. Sin demasiadas pretensiones. Un más o menos contenido. Un proyecto de contenido. ¿Un contenidazo? O un contenido concentrado. Un núcleo. Una esencia. Una sustancia. Una galladura.

57 Y ni ha de ser cuestión de pensarlo tanto. Porque nadie es dueño del pensamiento definitivo. Porque así, con la facilidad con que se enciende y se apaga una lámpara en algún rincón de la casa aparecen las ideas más originales y se las olvida, o se las descarta por inútiles. Y precisamente porque abundan y sobran los acaparadores, los devoradores, los apropiadores de la última palabra en la lucha por imponer un argumento, es que nadie es dueño de la decisión final. Así que meditar, volver sobre el asunto, reconstruir la sucesión de aproximaciones al tema, cuestionarlas, no sé, habría que ver. Pura competencia, al final, ¿no? Todo parece girar alrededor de quién se le anima más y mejor a la audacia de pronunciar, o de anotar en papel, las ocurrencias que quizá un día ayuden modestamente, o no tanto, a darles una forma verosímil, para su comprensión, a los hechos que hemos protagonizado un poco a paso de hombre, y de mujer, y de gato, a las corridas, a ritmo de moto, de tren, sin paso alguno, a veces sin ritmo, al ritmo de encantadoras melodías, o a las zancadas, o a los tropezones, o a los saltos.

58 Contenido, joder, es esa espina clavada entre la dermis y la epidermis de la yema del meñique derecho, porque no es cuestión de arruinarse el índice, por ejemplo, o el pulgar, siendo que la imposición de la vida es la de sobrevivir, con esa punta intangible pero con un mínimo de posibilidades de ser visualizada. Es esa espinita, tan inteligente en su formato que subraya en la agudeza de uno de los extremos, sí, claro, viva, viva la vida, viva la acción, viva la libertad, viva la agudeza de los extremos y vivan las crecientes variaciones de la agudeza. Esa forma un poco cuadrada en la base que ofrece la oportunidad de la confianza, con la que todo se simplifica, se allana, se entibia. Esa brillante visión de la realidad de la espina, combinación esencial de base confiable y punta penetrante. Penetradora. Y otra vez penetrante.

Tanto que sabe cómo no moverse después de haber ganado su espacio, tan instalada allí que queda, inamovible, con esa actitud un poco firme, un poco circunspecta, casi como para enamorarse de ella, la manipuladora, jugándola de desprotegida, de necesito un lugarcito, y metiéndose, y después ni siquiera balanceándose apenas, ni siquiera provocando alguna sensación, algo, ¿no?, ella, no, ella ahí, tan aferrada al agujero que abrió para su comodidad, tan calladita y nada dispuesta a que se la olvide. Y, encima, loca por sobrevivir, también ella. Y como estrategia, ¿con qué artimaña alcanzará sus propósitos? ¿Comerá? ¿Comerá del dedo? ¿Absorberá algo de las células, de los bulbos pilosos, de las glándulas sudoríparas, se unirá a la función excretora de la piel tragándose parte del sudor, de las grasitudes, de las sales y de la urea? ¿Consumirá algún elemento de las paredes dérmicas, que fue su lucha y su logro conseguir para su refugio eterno?

Ay, corazón, los contenidos. Ay, mi vida, lo que se produce adentro. Ay, mi amor, lo que se desarrolla y crece monstruosamente dentro de nuestras vísceras. Ay, ay, lo que contenemos, y ay, lo que nos contiene, lo que nos mantiene contenidos, lo que se atreve a contenernos, lo que nos propone ser lo que somos, lo que no nos permite ser alguna otra cosa, lo que celebra en cada uno de nosotros lo que creemos ser. Ay, mi dulce, eterno amor, tantos moretones, tantas caricias, tantos gusanos (ellos sí en movimiento), tantos agraciados y simpáticos bichitos, los cosquilleos que vierten en la sangre y que nos mantienen despiertos, semidormidos, ay, amor de mi vida, los contenidos, tus contenidos, tengo sueño, tengo sueño, me ataca, me conquista esa especie de modorra, y me voy a dormir una siesta, una siesta corta, no asustarse, tanto como para retomar las energías.

59 Leve sonrisa. Risa tenue. Ingrávida carcajada. Ja. Ja.

60 No voy a decir que para no llorar, porque para qué. Aunque, en realidad, una verdadera risa, de las que se precian de potentes, también se merece unas buenas lágrimas aquí y allá. Y, entonces, si se largan lágrimas tanto cuando se llora como cuando se ríe, dará lo mismo, ¿no? Porque, en ese caso, cuál es la desgraciada diferencia.

Como esa prima de la cual jamás recuerdo el nombre, que siempre tiene, o tenía de chica, la gorda cara mofletuda toda colorada, la imbécil, y los ojos bajos, siempre tan bajos, y la barbilla clavada en el pecho. Incrustada. Y los pelos como cortina, imposible saber si caminaba de frente o de espaldas, en dirección de avance o de retroceso, tanto pelo sobre la cara. Tan colorada la carota que nunca se podía saber si se reía o si lloraba. Cuando todos los primos reunidos en casa de esa abuela casi desconocida retozábamos en el patio enfermizo y gris, alguno hacía una broma y los demás estallábamos en carcajadas amarillentas, verdosas, y de ella creíamos que lloraba. Siempre el misterio quedaba girando en el aire del patio sobre nuestras cabezas. Y cuando alguno se estrolaba las rodillas contra la brutalidad de las baldosas del piso y aparecía el silencio de todos y el llanto convulsivo del lastimado, se escuchaba lo que suponíamos era una risa pegajosa, también un poco convulsiva, emitida por los dos cachetes inflados y amorfos, o por algún agujero que seguramente debía tener entre un cachete enrojecido y el otro cachete enrojecido. Y, pensando en perspectiva, daba lo mismo, ¿no? ¿Qué importaba si la mofletuda lloraba o se reía? ¿Quién mierda era la mofletuda, después de todo? Y ¿por qué razón iba a tener yo que acordarme de su nombre en el futuro? ¿Qué diferencia hay entre llorar y reírse?

¿Qué es reírse? ¿Y llorar? ¿A qué queremos llegar con tanto llanto? Y con tanto regocijo: ¿de dónde venimos, y lo digo en serio, de dónde venimos con tanto regocijo?

61　Todo eso decía cada tanto mi vecino, el periodista, a quien se lo decía la madre de su amigo, a quien, a su vez, se lo contaba la maestra de escuela con que solía coincidir en la peluquería.

62　Para que no haya confusiones. Porque ¿quién quiere tener una prima, o reconocer que la tiene, con grandes cachetes que obstaculizan la posibilidad de saber si se ríe o si llora? No yo, por ejemplo. Mejor ubiquémosla en un punto remoto, convenientemente perdido respecto de nuestra existencia en el mundo.

63　Y con el viento que pega, que nos pega. Que se nos queda pegado. El desgraciado viento, mi amor, que nos pega y que casi nos hace recalar en el llanto.

64　Pero que no, no nos arrastra.

65 Pero la blandura, pero la solidez, pero la liquidez, pero la fluidez de tu cuerpo sobrehumano.

66 De tu cuerpo portentoso. Estupendo. Quizá así la convenzamos. Alabándola. Hablándole de toda su belleza. Subrayando en su potencial. Haciéndole evidente, obligándola a ver, toda su maravilla. Mostrándole su estatura completa. Sus propias, inesperadas sinuosidades. Sus sutilezas y las, en todo caso, entretenidas direcciones que toma su locura cada tanto. Porque aburrir, no aburre a nadie. Y a eso vale la pena considerarlo. Tan sociable, tan empapada en audacia y heroísmos, tan sorprendente en cada decisión a tomar. A ver si la convencemos. A ver si entiende que la necesitamos, que nos es indispensable. Tan sabia. Tan bruja. Con sus largos y tubulares vestidos negros que sólo le dejan a la vista hombros y tobillos. La blandura, la solidez de tus dimensiones. De tu cuerpo sobrehumano.

Tan siempre lista para desplegar sus recursos, sus estrategias. Tan esquiva. A ver si la calmamos, a ver si la convencemos de que modifique algunos de sus ritmos. De que no pase así no más, haciéndose la distraída, sin mirar. Porque la verdad es que ni siquiera tiene que buscarnos. Estamos ahí, a la expectativa de sus movimientos. De sus caprichos. Que nos espere. Que no se nos desaparezca con esa velocidad por entre el cielo y la llanura, por esa línea que no existe y algunos llaman horizonte. Que nos espere, la Historia. Que nos espere.

67 Que nos espere atenta, con las antenas muy erguidas y tensas, con los poros muy abiertos o en el promisorio proceso de estar abriéndose. Con las células de la piel envejecidas y secas y en desprendimiento ya en camino de ocupar espacios en el aire, y liberando los orificios a la respiración.

Que nos espere, la Historia. Instalada en su trono de rubíes incrustados en el oro blanco de la voluntad y la paciencia. O asomándose desde el tarro de basura más repleto de los más inquietantes barrios de este mundo. Desde la iniquidad. Desde la perversión. Desde su rincón de los deseos. No importa desde dónde. Porque resulta que todo llega. Porque resulta que las cosas suceden, un día.

Que nos espere. Con las células de su carne y de sus huesos activas, moléculas en frotación, a ritmos que mantienen la sensibilidad despierta. Que cada tanto haga un poco de gimnasia. Que exude las toxinas. Que vaya dejando salir los ascos que la acosan. Que espere.

Bailando. Que espere bailando un vals. Un minué. O un rock de los setenta. Sí. No hay dudas: mejor un rock'n roll, en el que no es necesario depender de un compañero de baile. Que permite el despegue, la elevación, que evita las manos de uno guiando la cintura del otro. Que espere bailando un rock and roll con violencia musical e ingenua sabiduría. Que espere un poco para terminar con su baile y empezar a correr desaforada, loca.

68 Porque ese compañero que se ha dejado encerrado en una celda de una cárcel de prisioneros políticos en algún lugar del país más austral del mundo, todavía no llega.

No llega todavía. Aunque conserva sus rulos rubio-ceniza. En algún lugar. En el interior del cuero cabelludo, rapado al ras. O casi. Son, supuestamente, potencias, resortes comprimidos que saltarán en un futuro. Quizá con algunas sombras blanquecinas van a volver a surgir, a tomar, si no una forma, lo que podría ser la idea de una forma. Que será suficiente como para mantener en el cuerpo y en los anhelos, en el largo del pelo y en la consciencia, en el tono de la cintura al recostarse contra el sillón que más nos conmueve y en la frecuencia con que nos lavamos el ombligo, en el ritmo asumido por nuestras caderas en movimiento y en el último pensamiento antes de morir, las electricidades de lo que no vamos a dejar ir hacia atrás como si fuera el pasado.

De manera que así, más o menos así, casi-casi sin sonido, podremos ir dejando salir una especie de *...tut, turut, turut... Hey, honey, take a walk on the wild side...* antes de ponernos excesivamente serios y arrogantes y empezar a darle lecciones al mundo sobre qué, verdaderamente, es lo que llamamos exilio:

Ese sombrero. Esa piedrita que se nos metió en el zapato. La costra semidesprendida de ese árbol. La remera verde que queda tan mal con mi piel aceitunada. El libro que se lee una y otra vez. De ese libro, la página que más nos hace recordar que estamos vivos. El significado oculto de los nudos de la madera de la mesa. El cenicero de cerámica en el que reemplazamos las cenizas por la magra colección de aros de plata. El grito al propio hijo. El abrazo sofocante al propio hijo. El café con que se acompaña la primera versión de un texto. Las papayas mexicanas. Las uvas chilenas. Las peras argentinas. El advenimiento del verano en California, en el que las frutas importadas resignan su lugar a las locales: el reconocimiento de la diferencia.

Las ganas genuinas de caminar por Venice Beach y la abierta posibilidad de hacerlo. El cielo ventoso de abril. El cielo soleado de julio. El nuevo lunar descubierto en la axila recientemente afeitada. La desproporción de algunas rabias. La pollera tubo de terciopelo negro que, gracias al ínfimo componente de spandex, ajusta lo suficiente como para que se sienta en el estómago, en los codos, esa especie de transparente alegría. Esto de haber aprendido a observarlo todo fijando uno de los ojos en la boca del interlocutor y el otro en la movediza película de nuestra historia. La calle. Cada calle.

Pero no llega todavía, y se teje esa ansiedad, se atan los hilos de la imaginación, se vierten en moldes, se sacuden, se baten, con la fuerza con que se bate un cóctel, se convierten los hilos y sus nudos en un cóctel, porque si queremos un cóctel tendremos un cóctel, y al vaciar el contenido completo sobre la amplitud de la mesa para comprobar el estado del enredo, veremos aparecer ante nuestros ojos (los de la cara y los que nos han surgido en la nuca no mucho tiempo atrás) a ese rubio de rulos que fuiste un atardecer de 1973 en un bar de la esquina de la facultad de Filosofía y Letras de Rosario, entre clase y clase. Lo veremos crecer y moverse. Y hablarnos. Y ejercer el dominio de su personalidad para convencernos de que la vida sin él es de una completa inutilidad. Lo oiremos darnos un discurso sobre los beneficios de romper la relación con el antiguo novio arquitecto (o a punto de serlo), cosa que una ya ha hecho de todos modos, sólo por la eventualidad de tener que escuchar este discurso, y los otros beneficios que llegan como consecuencia, como por ejemplo alquilarse un lugar, un departamento, una casa vieja, un sucucho en medio del campo, no importa, y vivir con él, en lo que sería un incomparable puente de oro hacia la felicidad, "palabra que, desde ya, no existe, porque mientras haya una sola persona infeliz en este mundo, es imposible ser feliz", idea, palabras, con las que una estaba en ese momento en total acuerdo, en ese momento, y después, y siempre, porque para algunos no hay otra forma de concebir la propia existencia.

Lo veremos crecer y moverse y hablarnos y convencernos, y nos veremos a nosotros mismos completamente y quizá por primera vez verdaderamente enamorados. Y tus grandes ojos celestes de mirada feroz y al eterno ataque, atacarán. Porque los órganos del cuerpo deben cumplir con sus funciones: no permitiremos que se atrofien. Atacarán y ganarán la previamente ganada batalla.

Y seis años después lo veremos bajar de un avión de Aerolíneas Argentinas en el aeropuerto de Los Ángeles en medio de un nubarrón grisáceo, sugestiva mezcla de machismo y desconcierto, que no precisamente despertará mis ganas de hacerte el amor. Ya no despertará mis ganas de hacerte el amor. O de dejarte hacérmelo. O de que lo hagamos. No en el exilio.
Pero eso, ese fragmento de la gesta, viene después.

Aunque, qué sé yo, prematuro, tengo que decirlo: es que algo, algo en esa cara, es diferente. Algo en esa cara.

69 Se va absorbiendo parte. Una mayor parte.

70 Se supone que los relojes deben marcar el tiempo. Los tiempos. Se supone que las agujas deben girar pegadas al transcurso del tiempo con la ansiedad de un novio

enfermo de celos. Con la fidelidad de una madre que ha visto desaparecer a su hijo en manos de un grupo de policías argentinos, en medio de una confusión de ametralladoras y puñetazos, y que va a dedicar el resto de sus energías a la búsqueda. Se supone que las agujas del reloj van a estar completamente entregadas a las decisiones y a las perfecciones de una máquina suiza inobjetable, porque marcar el paso del tiempo tiene que ser una actividad sin fallas. Sin desfasajes, ¿no?

Pero ¿qué hacen los relojes, entonces, y qué hacen las agujas de los relojes, y qué hacen los fabricantes de los relojes, y qué hacen sus dueños, si el tiempo ha decidido descansar de sus correteos? Si necesita una siesta, quiero decir.

71 ¿Quién puede imaginarse todo tipo de relojes en grandes amontonamientos generosos en brillos y reflejos, en remanentes de tic-tacs y de cu-cus, todos en una inmensa fosa común, casi de las dimensiones del planeta? Es que había, hubo tantos relojes en una época en que era muy necesario calcular el paso de los minutos. Había tantos. ¿Quién puede imaginarlos?

72 Yo. Una imagina los relojes acumulados. Los anteojos. Los zapatos. Los dientes de oro. Las reincidencias. Las circularidades y los caradurismos del tiempo en su maleducada condición de chicle estirado, pegoteado hasta la náusea.

73 No me da ningún miedo, ninguna angustia, la idea. Al contrario. Que un reloj funcione irreprochablemente es un verdadero problema. Porque tantas veces las culpas superan los deseos compulsivos de abrirlo y desarmarlo para investigar sus interiores. Para adosarle mecanismos diferentes y nuevos, inventados por uno. Para experimentar con algún clavo incrustándoselo entre una ruedita y otra. Para ir arrancando las bellísimas rueditas doradas de aún más bellos engranajes y darles cualquier otro tipo de función: pegándolas en un cuadro hecho de pedacitos diversos de metal, encontrándoles un hilo adecuado y convirtiéndolas en un collar para el cual habrá que conseguirse un vestido negro, o simpáticamente ubicarlas en un platito oscuro para que contrasten y poder entonces disfrutar de mirarlas y volver a mirarlas. Lo que sea.

74 Miedo a que no transcurra el tiempo, no. No tengo. Que nos despertáramos esta mañana y resultara que todavía es ayer. Magnífico. Haríamos otros cálculos. Contaríamos cuántos compañeros están activos, y no cuántos han sido, están siendo, asesinados.

75 Y continúa el tanteo de los nuevos espacios: ¿Qué pensará -en inglés, de hecho- la señora alta y muy rubia, de ojos celestes, con porte de reina y aparentemente tanta dignidad repartida por todo su cuerpo, mientras me observa cavilar sobre algún método para limpiar con cierta efectividad los enormes ventanales de su mansión en Pasadena? Cruza el living, la señora, y echa una miradita. A los dos o tres minutos vuelve a cruzar en dirección contraria, y otra miradita. Y yo, intentando. Honestamente. Apretando el vaporizador con el líquido limpiavidrios de su predilección y frotando con bollos de papel de diario. Actuando como si supiera. O quizá sabiendo, ya. Ella, ninguna desprevenida, acercándose, finalmente. Avanzando con un gran diccionario inglés-español y viceversa. Ay, quiere conversar. Me invita a dejar sobre el piso de madera lustrada el limpiavidrios y el bollo de papel y a sentarme cómodamente en uno de los anchos sillones, frente a ella, ya sentada, y su gran diccionario. Y oigo: Querida, mi querida (dear, my dear), estoy un poco preocupada. Tengo la impresión de que esta casa, con sus seis baños y la gran cantidad de cuartos, salas, la enorme cocina, los dos pisos, el sótano y el ático, es un exceso para vos. La semana pasada, después de la entrevista que tuvimos para conocernos, mi marido me dijo: "Y esta chica, con esas manos, ¿qué creés que va a limpiar?" Yo le contesté: "Posiblemente nada. Pero yo la quiero conmigo. Le voy a pedir que ponga en orden la biblioteca." Pero vos insistís en limpiar, y hay algo que no concuerda en todo esto. No sos mexicana, pero no hablás bien el inglés. No sabés limpiar una casa, se te ve culta, pero estás trabajando de sirvienta cama adentro. ¿Qué es lo que pasa? Who are you?

El diccionario había sido puesto en uso repetidamente durante el transcurso de ese parrafito, y las fibras de mi garganta se enredaban más con cada palabra que lograba entender. Y aunque suponía que objetivamente en mi nueva situación de exiliada política no existían razones para ocultar ninguna verdad, o casi ninguna, preferí el auto-boicot. Así que me bajó la presión. De manera que mi patrona, la elegante dueña de tremenda mansión en Pasadena, me condujo tiernamente a mi cuarto abrazándome de la cintura por las alfombradas escaleras, me acostó, me tapó, me dio un beso en una de las mejillas, y me cerró la puerta.

76 Y me cerró la puerta.

77 Y volvió a abrirla una hora después. Para averiguar el estado de cosas. Y yo estaba despierta, boca abajo, y con el brazo derecho colgando hacia el piso, donde tenía abierto un cuaderno sobre el que estaba escribiendo. Un poema. Eso: un poema. La señora registró el detalle, y preguntó: ¿Siempre escribís poesía? Un gesto de mi cabeza le contestó afirmativamente. Pero salté de la cama, me vestí, y corrí a seguir con los ventanales, los papeles abollados y el líquido limpiavidrios de la preferencia de mi patrona.

Y a la hora de la cena yo no tenía asignada ninguna tarea más que sentarme a la mesa con el esposo de mi patrona, o sea mi patrón, y una de los cuatro hijos de ambos, la que, a pesar de sus 25 años y por no pagar alquiler, todavía ocupaba un cuarto en la casa de los padres. Eso mientras la señora nos servía a todos lo que había estado cocinando por una considerable cantidad de horas. Y cuando los cuatro estábamos masticando la frugal, discreta, silenciosa, tensa cena, un sonido se agrega al de los cubiertos y al de las frescas hojas de lechuga siendo trituradas entre los dientes: Contanos por qué viniste a los Estados Unidos. Y era la misma voz de unas horas antes. Y mientras los tres esperaban la respuesta mi patrón, en un noble acto de apoyo a su compañera de vida, se estiró y manoteó el gran diccionario. Que cambiaba de lugar en la casa de acuerdo a los requerimientos de mi ignorancia, y de la de ellos. El todopoderoso diccionario. Y me lo entregó, con sonrisa de odontólogo. Soy exiliada política, logré decir entre un pedazo de apio y uno de aguacate (palta, avocado) que todavía me daban vueltas en la boca. Y me largué: sobre la realidad argentina, sobre las organizaciones militantes, sobre la justicia, sobre la pobreza. Sobre la represión. Y en eso me explayé notoriamente, ya que sabía tanto. Dije que era escritora y estudiante de Filosofía y de Letras, y que me allanaron la casa en la que vivía con mi compañero (sin agregar detalles sobre sus fragorosos ojos celestes y cenicientos rizos diabólicos), y que estuve varios años presa, y que él todavía estaba en la cárcel y toda la cháchara. Y cuando más o menos iba llegando al momento en que estaba yo tomando el avión hacia el exilio en Los Ángeles, cuando las rechinantes hojas del todopoderoso empezaban a sentirse bastante adelgazadas de tanto manosearlo, levanto la vista para provocar, con un breve pestañeo, el efecto final, y no hacía ninguna falta: todos, los tres miembros presentes de la familia de la cual me había constituido en sirvienta, lloraban con absoluto desconsuelo. Absoluto. Y se paraban y caminaban alrededor de la mesa para llegar hasta mi lugar y me abrazaban y me besaban y decían cosas como Sentite de la familia, ahora tenemos cinco hijos, podemos ayudarte en lo que necesites. Y nadie estaba ya comiendo. Y nadie terminó de comer.

78 Y a la mañana siguiente mi patrona incorporó al conjunto de muebles de mi cuarto un amplio escritorio sobre el que me esperaba con espectacular sonrisa, luciendo una

multitud de muy bien ordenados y centelleantes dientes, una máquina de escribir eléctrica. Y colocó muchos, pero muchos, jabones muy blancos y muy cremosos en mi baño. Que alcanzaba, cada uno, y con suerte, para dos lujuriosas duchas. En mi lujurioso baño.

79 Te lo pido, sin angustiarte demasiado, y sin olvidarte de observar, haciendo uso de tus habilidades varias y en detalle, lo que te rodea, take a walk. Ajustando el ritmo a las exigencias de lo que va apareciendo en tu panorama. Siempre teniendo en cuenta que sos una florcita trasplantada, una nubecita perdida en cielos ajenos, una rebanada de banana flotando en la salsa de tomates de un gran guiso de arroz con carne. ¿Sí? ¿Todo en orden?

80 Y no mucho después, las elecciones. Y la señora peleó con toda la familia, y logró que todos los hijos votaran por Carter. Y sin embargo tuvo que castigar al marido con un silencio de un mes porque, claro, votó por Reagan. El señor escuchó insultos. Y argumentos diversos. De los cuales el más sólido era: ¿Cómo fuiste capaz de votar a ese desgraciado? Gente como él hizo con esta chica (yo) y sus amigos todo lo que escuchaste de ella misma. ¿Cómo pudiste? Un mes sin dirigirle la palabra. También algunos de los hijos más o menos se unieron a la medida de fuerza (contra lo irreparable). Y el hombre se arrastraba. Arrastraba los pies por toda la inmensidad de la mansión de la que era dueño. Arrastraba las manos por su consultorio de dentista, arrastraba su Mercedes por las autopistas de Los Ángeles, arrastraba su humanidad a través de su propia historia. Hasta que pidió perdón, y logró el perdón. Porque en el sur de California se evidencia muy seguido ese fenómeno, ¿no?, yo lo iba descubriendo por esos días: el perdón, la opción de una segunda, o tercera, o cuarta oportunidad, la libertad de cambiar de idea (porque éste es un país regido por la libertad) en cualquier momento y bajo cualquier circunstancia, el olvido, y algunas otras blanduras de corazón y de mente. Y, quién sabe, también en el norte de California, y en el norte del país, y en la costa este, y en el resto del oeste, y en el resto del sur, en fin, en fin, y en los estratos inferiores de la estructura terrestre sobre la que crece este país, sobre la que se edifica, y en el vasto cielo azul, tapa de la gran sartén en la que sus habitantes se van friendo poco a poco.

81 No griten, no griten. Los que piensan que el final del siglo XX trae consigo el final de las esperanzas y el final de las utopías, y el final de las ansias por un mundo más justo, y el final del marxismo, no se exalten, che. No dije que ya están fritos. Que se van friendo. Poco a poco. Eso dije: que se van friendo.

82 Hay que poder decir, también. Hay que ser capaz de decirlo todo. Al hombre que a los veinte años nos había conmovido cada célula, que había resultado suficientemente sonoro, vistoso, movedizo, entretenido y claro de cerebro, al que no había pedido permiso para estirar la mano y metérnosla entre las piernas, al que había sabido exactamen-

te cómo, cómo, al que se había empeñado en compartir con una la casita cuyo baño era un agujero en medio del terreno desnudo, a veinte metros de la casa, y todo eso para trabajar en una fábrica cercana cuyos obreros sospechaban que ciertos sufrimientos quizá sólo encontrarían calma en la lucha por eliminarlos, al que tenía menos miedos de los que se comenta que son necesarios, al que los pantalones vaqueros de marca Lee le ponían en evidencia las perfecciones de ese culo, al que insistía tanto en determinados asuntos (como por ejemplo que todo en la vida de un revolucionario -como él, me imagino- debía ser revolucionario) que tragarse la historia se convertía en una seria dificultad, al dulce, al exaltado, al arrogante, al ingenuo, al inseguro, al emotivo, al mentiroso, al iluso, al generoso, al capaz de desplegar incalculables energías histriónicas sólo para impresionar, al intenso, al preocupado, al a veces un poco entristecido, había que seguir queriéndolo.

83 Aún después de haber salido de la cárcel. En el exilio. Incluso después. Y para siempre.

84 Bueno, sí, algunos decían, pero cualquier cosa pegada con moco se despega. Sin alternativas. Y era sabido. Claro. Pero, entonces, a la supuesta cosa había que pegarla con algo más efectivo. Menos natural. Más sintético. Más confiable. Paradojas, ¿no?

De manera que fuera imposible darles el gusto a los milicos, que habían puesto todo su esmero en convertir a la sociedad argentina, y sobre todo a las familias de los presos políticos, en una gran pileta de natación repleta de leche cortada. Sí: la idea de des-cortar la leche, de hacerla retroceder en el proceso de separación de sus elementos mediante la incorporación de un par de toneladas de moco de diversas consistencias y texturas, no iba a funcionar. Lo mejor que se puede hacer con leche cortada es algún tipo de queso. Y eliminando, es decir, nunca incorporando ningún elemento que contribuya a la coagulación, o a la coalición del suero con, es decir: basta.

Pero no. Había que demostrarles a los milicos que ciertas luchas ejercidas en base a sistemas construidos con basura, como las de ellos, se pierden. Ese compañero, que había sido el mío, que era el mío, iba a seguir siéndolo. Y el empeño de los milicos por mantenernos separados, por obligarme a abandonar el país mientras lo paseaban a él, todavía, de cárcel en cárcel, por liberarlo apenas un mes después de mi llegada al exilio, por no permitirle a él la salida del país, tenía que ser frustrado. Con lo que la gente llama, qué espanto, con lo que la gente llama amor, con eso de lo que nada se sabe, pero a lo que se ha preferido, como a la mayoría de los objetos y de los elementos, otorgarle un nombre.

85 Y, mientras tanto, Alberto. Que tenía una visible simpatía por Los Ángeles y las playas a las que la extensión de la ciudad parecía pegada. Y no con moco.

Flaco, muy flaco. Lleno de ángulos. Algunos estratégicos.

Argentino, marplatense, compartiendo con el hermano y la familia del hermano, y tantos otros argentinos, y chilenos, y uruguayos, la perplejidad del destierro.

86 No sé exacta la cantidad, pero digamos unos quince. Una mezcla de quince vidriecitos de colores diferentes y muy vivos, algunos palitos, algunas, no sé, cositas, chicas, todas encerradas entre dos paredes en el extremo de un tubo de cartón, o de lo que sea, con suficiente libertad de movimiento y un pequeño espejo instalado no recuerdo en qué posición, todos esos elementos, bien organizados, hacen un caleidoscopio. Más un orificio a través del cual sea posible observar los resultados de cada fracción de giro, ¿no? Porque, si no, para qué. Un caleidoscopio: para una infinidad de posibilidades, para una inagotable variación de imágenes, para una inesperada combinación de tonos, para una sorprendente sucesión de alegrías, de excitaciones del corazón, de sobresaltos alucinatorios ante la difícil verdad de que nada, nunca, para nadie, volverá a ser lo mismo.

87 Aunque con mucho, mucho esfuerzo, quizá podríamos lograr que resultara, en algo, parecido. Porque hay que mantenerse en pie.

88 Así que, mientras mi compañero se paseaba por las calles de la ciudad de Rosario, recientemente liberado, tratando de deshacerse de los dolores de cabeza que le provocaba el intento de comprender la vida y sus multiplicidades, yo inventaba formas de creer que me era posible el entendimiento de la mía propia. Combinaba mi trabajo de mucama cama adentro en Pasadena con la amistad de Alberto. Con el regreso a las fuentes: en términos de la lingüística, estudiábamos a Saussure. En términos de las actividades nocturnas dormíamos, durante los fines de semana, más o menos juntos. Más o menos, porque el plan estaba bien definido: la nuestra era una forma de amistad que cambiaría ni bien el avión que trajera a mi compañero hubiera descendido en Los Ángeles. Y como ésas eran las condiciones y el acuerdo era firme, era necesario que mi compañero estuviera enterado de todo. Y sin sutilezas: claramente, de frente, dándole a él la prerrogativa de los mismos movimientos y de las mismas libertades. Y el largo cable telefónico que atravesaba el continente americano de extremo a extremo facilitaría las palabras, sobre todo porque sus grandes ojos iban a estar presentes sólo en mi imaginación. La distancia suavizaría el dolor, distribuiría los derechos al afecto, al contacto humano, a la confirmación de que se estaba, a pesar de todo, vivo, minuciosamente vivo.

Hasta el momento en que nos volviéramos a encontrar. Y, desde ese instante, el redoble de la vitalidad. Para no tener que privarnos de la universal satisfacción de sacarles la lengua a los milicos a través de la larga América en toda su inmensidad, en todo lo intenso de su locura. Los dos juntos, mi compañero y yo, abrazados, dos lenguas afuera, triunfantes, satisfechas, vencedoras.

Está bien expresar las penas, pero las alegrías también requieren ser expresadas. Ya sea porque estas alegrías son verdades, o porque son mentiras, o ilusiones, o expresiones de deseo, o alucinaciones, o porque son ataques de rabia, o formas del asco, o porque son sólo la intención, o mucho más que eso, o una necesidad imperiosa, o porque son la destreza, la gracia magistral con que nos las arreglamos para.

89 ¿Despacio? Mmmm... no sé. No tanto, diría yo. Depende del vehículo que uno decida hacer suyo es posible disponer de cuatro o cinco velocidades. De acuerdo a lo que exijan las circunstancias. De acuerdo al ritmo al que nos vengan persiguiendo. De acuerdo a la urgencia o a la morosidad con que cada uno de nosotros sienta en sus músculos que se le van desprendiendo los pedazos de vida.

90 Las regiones donde se sustentan los orígenes, ésas en las que se plantean y se resuelven los inicios, donde los gérmenes no tienen permitido tomar decisiones, donde nunca se es tan valiente como para permitirse perder, abandonarse a la dulce y oscura seducción del fracaso, esas áreas, son las que este sol deja filtrar por entre los orificios que se le escapan a la lluvia. Y ésa es la tarea. La tarea del héroe. Encontrar esos espacios que, desde su invisibilidad, gritan, insultan, ofenden, por no poder ser fácilmente detectados.

Yo recuerdo a la novia negra de aquel amigo chino, yo recuerdo los fonemas, las oraciones del rechazo. Que ella ejercía para el rechazo. Ella trataba con dedicación de que a nada se le escapara ningún agujero: ni al sol, ni a la lluvia, ni al viento, ni a los terremotos posibles. Nada: invasión total y completa. Y por qué no, decía. Y ¿a quién, a qué, le voy a dejar los orificios, los espacios? Parecía que esa invasión era la condición que la mantenía viva. Mi amigo chino, observaba. No evadía los análisis que lo tentaban constantemente. La miraba, callado. Siempre callado. Un día movió los labios y le dijo que alternativas, ninguna. Que debía casarse con ella. Que en ella había encontrado la instancia más acongojante, más sombría posible. Y que se sentía un elegido. Un héroe. Que le estaba destinado detectar en ella y en otros los orificios por donde ella absorbía, succionaba, los poderes de la existencia. Que la distribución de esos poderes debía ser más pareja, más... Ajá, dijo ella: ajá. Y aceptó la propuesta. Y ahí están los dos, todavía, en la lucha. En las vivencias, en la estimulante batidora de la batalla íntima universal. Allí, algo así como nadando en las zonas semilíquidas, en las regiones donde se sustentan los orígenes. Exiliados de sí mismos. Exiliados uno en el otro. El pie de uno en la cadera del otro. La costilla de uno en las futuras formaciones tumorosas del otro. Desprendimientos del cerebro de uno en el torrente sanguíneo del otro. La palma de la mano de uno contra la boca y los ojos del otro.

91 Porque el exilio es algo que puede medirse por su largo, o por su ancho, o por su profundidad, o por la combinación de todo eso, o por su completa vacuidad. ¿O no?

92 Y esas regiones donde se sustentan los orígenes de los fuertes deseos, de los impulsos más viscerales, son las que decido conquistar. En ellas es donde únicamente estaría satisfecha de construir mi morada. Mi, digamos, solar. Un albergue provisto de todo lo necesario para resistir hasta el último momento. Incluso para resistir contra ese último momento. Sola. Combatirlo. Ir empujándolo hasta los bordes de las posibilidades. Tanta aversión que venimos acumulando contra el fin. Esa repugnancia por los finales. Porque eso de morir, no. De eso, basta. Ya hemos muerto demasiado.

Como una cámara mortuoria faraónica. Con todo lo imprescindible.

Qué impensable, desmesurada alegría la de saber que se está allí, en alguna de las estrechas habitaciones de la casa con piso de madera semicubierto por gruesas y coloridas alfombras, con el cuerpo pesando sobre un sillón hamaca de caña y mimbre, con la luz escasa de una lámpara cálida, inmortal, con la mano izquierda como derramada sobre el brazo del sillón y la derecha sobre el muslo derecho, absorbiendo energías, los dedos un tanto tensos, listos para el caso de que haya que anotar algunos de los descubrimientos de la mente. Sentada ahí, obedeciendo al ir y venir de la mecedora y del cerebro, haciéndose preguntas y preguntas y más preguntas, inmiscuyéndose en las razones, interrogando las causas, averiguando los fundamentos, hundiéndose en los móviles, nadando entre el colorido cúmulo de motivaciones que mantienen vivos a los seres humanos.

¿Cómo es que llegamos hasta aquí? A tanta distancia de nosotros mismos. Tan próximos a nuestras propias entrañas. ¿Nos consumen las cercanías o se nos abalanzan, nos atacan, los larguísimos, innumerables espacios interpuestos?

93 ¿Cómo es que llegamos a este mar? ¿A esta consistencia del aire, a este sonido consecuente de rock'n roll y de blues que recorre todas las dimensiones de la bruma? Y a esta imagen, ¿cómo es que aterrizamos frente a esta imagen que requiere mi sombra, mi emoción y esa forma de anestesia que modifica los volúmenes de mi garganta: la imagen de un hombre lleno de ángulos, habíamos dicho que algunos estratégicos, sentado frente a una máquina de coser en medio de la combina-

ción de azules y amarillos de la gran cocina de la gran mansión de la cual soy mucama, haciendo esfuerzos para recorrer con la mayor fidelidad los bordes de una rana de tela multicolor que terminará rellena de mijo para ser vendida en algún lugar concurrido de esta ciudad poblada de transparencias?

Porque no hay dudas de que preferimos fabricar animalitos rellenos y venderlos, a trabajar como sirvientes. A ver si algún día superamos el mencionado estatus.

¿Cómo fue que aparecí frente a este mar? ¿Desde qué instante siento que navego en mi propia nave? ¿Siento que navego en mi propia nave? ¿Navego en mi propia nave? ¿Hay, ha habido una nave? ¿Habré llegado disuelta por las contradictorias presiones del espacio? ¿Desintegrada por el enrarecimiento del vacío? ¿Impulsada contra el horror de la inmediación del vértigo final? ¿Comandada por el sobrecogimiento?

94 Ah, sí, claro: me habían dado a entender, con escasa sutileza, que transformaciones y mutaciones eran posibles. Es más: festejables. Que el concepto era aplicable a infinidad de casos potenciales, incluido el mío. Que ciertos cambios son necesarios, y que no había que aterrorizarse frente a la posibilidad de trasmutar un pensamiento, una posición política, frente a la idea de metamorfosis. Al fin y al cabo hasta Kafka había convertido a su héroe, a su bebé, en una cucaracha, y no para insultarlo sino porque las cucarachas son tan respetables como los seres humanos. Se podía aprender, mediante la aceptación de tales dimensiones de flexibilidad, a convivir con el otro (enemigo), entenderlo, a justificarlo. Se podía aprender a disfrutar de ese otro, y a disfrutar de la vida con todos sus encantos. Era posible, así, desplazar de la mente toda rigidez, todo dogmatismo. Y no sólo eso: se podía estar seguro de que lo que algunos erróneamente llaman delación, no es más que una muy constructiva manera de eliminar la delincuencia, cuidar de nuestros bienes, mantener en alto nuestra salud mental y nuestra salud física, nuestra presencia en este mundo (que de todos modos no es eterna, pero pone a un costado la casi certeza de la desaparición prematura, tan temida) y también nuestra moral. Porque hay que ser constructivo. De eso dependen nuestro futuro y nuestra alegría. De manera que yo debía transformarme en algo diferente de lo que soy. Porque no siempre es posible ser lo que se es. Ajá, sí. Por supuesto. Qué extraña idea, es ésa. No siempre es posible ser lo que se es. Mejor ser, veamos, un pedazo de masa de pan antes del horno. Una margarita. Un imbunche. Una cucharada de arena. Medio balde de cemento (es que uno entero es demasiado). Me lo habían dado a entender con escasa sutileza. Y con nulo poder de convicción. Pero ¿por qué hay que ser tan inoportuno como para pretender asociar el mar con el encierro? En los pabellones y en las celdas de la mente no murmura el agua ni brillan los lomos de las olas cabalgadas por el sol.

95 Y habrá que ir repensando las estrías de la ciudad con sus nuevos contenidos.

96 Habrá que ir repensando el escenario, porque no es cierto que tenga límites. Ésa es una de las viejas mentiras. No hay dimensiones, no hay un final para el largo de las crujientes tablas astilladas. Y la infinitud nos implica a todos en la función de testigos. No hay quien logre evadir el espacio sin límites.

De un salto y en pocos segundos abarcaremos el tiempo de una vida, o lentamente iremos degustando la intensidad de cada movimiento, de cada levedad, observaremos, bailaremos todas las danzas, o algunas, fingiremos dormir y estaremos traicionando, o estaremos dormidos mientras otros traicionan, construiremos o no llegaremos a construir los más magníficos edificios que imaginamos milenarios en el futuro, destruiremos los silencios o los vestigios de viejos pensamientos, seremos héroes o correremos a escondernos a llorar, como los héroes, y finalmente seremos testigos. A cada minuto, de todos y de cada uno, y de nosotros mismos.

97 Entonces: ajá, sí. La rana rellena. El planeta está lleno de ranas rellenas. Rellenas de mijo.

98 Y si se tiene la ternura de espíritu, la frescura suficiente como para asociar el largo cuello de una jirafa con los largos caminos a ser andados, quizá surgiera una pregunta. Si pudiera unirse el cuello de una jirafa al de otra, incluyendo a todas las jirafas existentes, y si todos los cuellos unidos se extendieran a lo largo del camino que nos espera, ¿para cuánto alcanzaría? Porque no estaría mal caminar sobre el cuello de una jirafa. O de muchas. Tienen esos lunares marrones sobre la piel beige, o amarilla. O manchas. Ir, digamos, saltando de una mancha a otra. Concentrándose en los componentes que aparecen como más oscuros. De una oscuridad a la otra. Con un toque de luz entre una y otra, pero sin tentarse demasiado. Porque ojo con la luz. Ojo.

99 ¿No? ¿No ojo con las luminosidades?
Sí. Cuidado. Y cuidadosamente ir detectando los instantes de la ambigüedad entre luz y luminosidades. Entre largos, distancias y estiramientos. Entre largos y largos. Entre estiramientos y estiramientos.

100 No desesperarse. No interrumpir los impulsos (que si son verdaderos impulsos no hay quien los interrumpa). Sí. Sí. Tranquila. Lavar los inodoros. Frotar las bañeras. No ladrar. Darles, más bien, de comer a los perros, que tienen tamaño de caballo y la paciencia de un joven nuevo rico. Y el autocontrol de un león de circo emergiendo de una gripe que le acumuló el apetito por dos semanas. Pasar la aspiradora, no permitirse el aflojamiento de reacciones aviesas a cada golpe del cuadrangular aparato contra la ineptitud de los tobillos. Ir y volver de un piso a otro con la aspiradora a cuestas como si fuera un burro viejo. Y no quejarse. Aceptar que, al menos, se está en condiciones de debatir con uno mismo sobre qué es preferible: si arrastrar un burro viejo o empujar una cabra senil. Inusitado, desconcertante privilegio. Del que los muertos no gozan.

101 Destruiremos los silencios e iremos creando sonidos, cómo llamarlos, alternativos. Algunos demasiado delicados, otros voluminosos, devastadores. Y la práctica, la insistencia y el tiempo dirán si a alguien se le ocurre una letra original, conmovedora. Para crear, completa, la canción.

102 Mientras tanto hay que conseguir un auto. Para irse, irse los viernes al atardecer, de Pasadena a casa de amigos, y para volver el domingo, también al atardecer, a Pasadena. Y para un par de movimientos más. Y hay uno, un auto, que la madre de mi patrona, ya anciana, desistió de manejar. Blanco. Terrible, porque el color del auto que uno elije es de extrema importancia. Blanco: un castigo histórico. Toyota Corolla. Muy bien cuidado, eso sí. Qué vergüenza. Blanco y bien cuidado. Qué asco sin límites. Y el flaco de los ángulos dirigiendo el gratificante espectáculo de alguien cuyo color preferido es el negro, manejando un auto blanco. Y dando instrucciones. Bien dadas, por cierto. Porque en tantos años de exilio sólo dos accidentes, y ninguno causado por la amiga del anguloso. Dos multas, ambas por exceso de velocidad, de las cuales la conductora de este inmaculado Toyota se enorgullece.

103 Así que nada de despacio. Ni aquí ni allá. Ni en esto, ni en lo otro.

104 Y si cada uno de esos vidriecitos de colores fuera una palabra, y si cada una de las cositas chicas fuera una coma, un punto, qué maravilla ir produciendo esos giros ínfimos, de un grado, de tres, y de pronto un giro de noventa grados. Ir viendo qué. Ir probando. Midiendo. Dándole al ritmo de la sangre la posibilidad de acelerarse. De bailar. De detenerse de golpe. De disfrutar de la combinación. De los contrastes. De la falta de apego, de la jubilosa libertad con que se tira a la basura un vidriecito y de entre la misma basura se recoge otro que brilla más, y se lo adopta, al cual se lo puede descubrir sonriendo anchamente desde adentro del texto.

105 Displicencia, ingratitud hacia los amores adolescentes, la literaria, que a veces necesita de recursos como el exilio para recuperar espacio en los propios interiores.

106 La nueva luz, que nunca anda sola sino que se hace acompañar por su propia sombra, contiene, además, algunas otras sombras. Pero la propia, la que jamás la abandona, lo que en realidad hace es cumplir con su función de guardaespaldas. Es que la nueva luz es una eterna confundida. Padece de miedos. Necesita ser cuidada, protegida, defendida. Necesita los contrastes que provocan la sombra propia y las demás, las que le bailan adentro, con la blancura que su presencia emite, para entenderse a sí misma. Para llegar a saber por qué los que van cayendo, de a uno, de a tres, o en grandes grupos, a instalarse bajo su área de influencia, miran alrededor, observan, se muerden los labios, los aprietan uno contra otro, fruncen el ceño, achican los párpados para enfocar la mirada a lo lejos con mayor precisión, debaten, discuten, especulan, sonríen, mueven los brazos, las piernas, un poco nerviosos, otro poco buscando la paz, se saludan, se despiden, se abrazan, se miran de frente, de costado, se interceptan, se persiguen, se entienden, clavan la mirada en un punto abstracto del espacio abierto, tratan de respirar hondo, a veces lo logran, a veces no tanto, pero no dejan de intentarlo; comen muy poco, a veces, a veces se llenan como desaforados, prueban dietas para adelgazar, o para subir un poco de peso, ya que vienen del deterioro. Salen a correr a los parques; en fin, eso y tanto más, pero siempre como si todo fuera aleatorio, como si todo ocupara un lugar de escasa importancia, como si lo único realmente prioritario fuera siempre algo que no está.

107 Esa luz que se disemina sobre las vanas alegrías, sobre las ciegas tranquilidades, sobre los ríos, los cielos y las cadenas de montañas que la gran obra de teatro con que se luce el hemisferio Norte desde los inicios de su historia tiene como telón de fondo. De esa luz, hablo.

108 Que por un corto período brillará más, fortalecida por su insistente ejercicio contra la resistencia.

109 Porque habrá que oponerse. Habrá que resistirse a la nueva luz. No se la privilegiará con la prerrogativa de otorgar las formas. Al menos no a los que hemos llegado a estos espacios por la incierta, irreal fortuna de no haber sido asesinados en otras latitudes. En las nuestras. Las que no poseemos, sin embargo. Y que tampoco nos poseen.

A pesar de las dependencias. De los cordones umbilicales. De los amores, los viejos y los más o menos recientes. De lo que algunos llamamos conciencia política y que los imbéciles llaman culpas. De lo que los inadvertidos llamarían traumas y que los que sabemos de qué se trata llamamos proceso de recuperación de fuerzas. A pesar de la lluvia, del familiar amontonamiento de basura en las calles, del frío húmedo y de aquellos veranos de playa rosarina en La Florida, o en la Arenera o en la Costanera porteña. De las reuniones en los cafés del centro. Del amor llevado a la práctica por primera vez. Por segunda vez. Por tercera vez.

Y yo prefiero detenerme aquí con la lista. Es que necesito caminar. No arrastrarme: caminar. Así que mejor volvamos a las nuevas latitudes. Las que tampoco poseemos. Las que tampoco nos poseen.

110

¿Cómo se mantiene la guardia en alto si no existe un enemigo potente y activo? ¿Cómo se ejercitan, fortalecen los músculos, si no hay una razón para su uso eventual?

111

Uso eventual.

112

Acá estaba, ya estaba desde hacía tiempo, floreciente y titilante, el Comité por la Democracia en Argentina. CDA, para cualquiera que necesitara identificarlo desde sus superficies o desde sus entrañas. O desde cualquier otro ángulo. Ya estaba, con sus satisfacciones, con sus tareas, con sus inevitables picoteos de gallos de riña y con sus luchas por lograr pagar el alquiler del pequeño lugar en el downtown. Ya estaba. Espacio de trabajo político. A pesar de la sorprendente longitud de las discusiones destinadas a concentrar en una las por lo menos veinte diferentes opiniones sobre si sí o si no guerra de las Malvinas. Eso, claro, ya más tarde. Y no porque nadie fuera a tomar esa decisión, además de la que ya había tomado el heroico en ese momento presidente de los argentinos. Heroico y sobrio. La cuestión iba por el lado, ni más ni menos, de qué palabras iban a ser incluidas en la solicitada a publicarse en el diario La Opinión de Los Ángeles: a favor de la defensa de las invaluables y estratégicas tierras, o a favor de la vida de varias generaciones de argentinos jóvenes y de varias generaciones de ingleses jóvenes. Pavadita de decisión. Muchas deliberaciones, y extendidas, extendidas, fueron indispensables para, qué sé yo, para llegar a algo con lo que, desde ya, no se podía estar de acuerdo.

113 Doloroso y simple: ése fue, en la práctica, el final de varias cosas: de la relación con el compañero de los rulos rubio-ceniza, el que ya había dejado de estar en una celda de las cárceles argentinas y había aterrizado sobre las playas de Los Ángeles un año antes, que se había quedado de un lado de la solicitada, que no era el mismo lado que el mío; de la relación con el CDA; de la relación con algunos de sus integrantes. Sobre todo de Raúl y Marisa. Los mismos que habían aprobado aquella minifalda marrón y vacía que había estado

esperando ser llenada por un culo redondo y suficientemente parado, como ser el mío.

114 Quedarse ahí, semisentada, semiacostada, con los brazos apáticos, deshabitados, colgando hacia los márgenes, las orillas, las piernas a lo largo de una cama, sofá, los pies sobre uno de los almohadones, dos almohadones, semiabiertas las piernas, afeitadas, no afeitadas, no importa. No pollera, no pantalones. No sweater, no remera. No corpiño, no bombacha. Con los ojos perdidos en algún punto en movimiento, o quieto, del futuro, del futuro propio o ajeno. O ambos. Uno o dos rulos, bucles, desparramados sobre la frente, los hombros, dando hacia el aire un cierto brillo, rojizo, o amarillento, un poco dorado, o azul, depende de qué vidrio de la ventana la luz del mediodía ha decidido atravesar, si es que la ventana tiene algún vidrio de color en algún lado. Y de si es mediodía. Con algo como una sustancia en la piel, que no es desagradable al tacto, sólo un tanto, digamos, pegajosa, pero sin exagerar, porque una quizá se ha dado una ducha un rato antes. Y se ha estado, por un tiempo considerable, pasando esa crema de almendras y cacao por toda, o casi, la superficie del cuerpo. O la otra, la de trigo con palta. O la de esa increíble mezcla de frutas que menos mal que no incluye bananas, porque quién sabe qué más podría hacerse con ella. Lo que a cada uno se le ocurra. Un licuado, por ejemplo, ¿no? O el aceite Johnson para bebés. O no se ha estado pasando nada. Y la piel está seca al tacto. O esa sustancia, un poco de sudor. Salado, el sudor. Dulce, suave, profundamente propio. O del vecino. El sudor del vecino. Porque eso también es una posibilidad.

Quedarse ahí: tut- turút... Solamente así. Sin ninguna música. Ninguna. Y sin movimientos del aire. Ni siquiera los provocados por el ir y venir de la respiración. O quizá con una cierta música, la que va entrando por esa delgadez, la delgada distancia entre el marco de la ventana y el metal que bordea el vidrio, la ventana sin vidrios de colores, ni esmerilados ni opacos ni tallados ni. Esa ventana. Una cierta musicalidad edificada por la visión de los posibles paisajes, palabras, que compondrán parte de lo que no todos los que hemos decidido mirarnos a los ojos, ser frontales, llamaríamos futuro. ¿Se entiende? Porque al futuro no se lo encuentra en los ojos de nadie. El futuro, el inencontrable pero desesperadamente rastreado, acechado, el que despliega ansiedades, preguntas, cosquillas y silencios prolongados, ése, bulle en los intestinos. No en los ojos. En los intersticios, en el enredo de tejidos de las paredes internas de los intestinos. Ahí, desde ahí se genera, ahí se debate, entra en calor, hierve, intercepta cualquier fuerza opositora, crece, quema obstáculos, surge, se moviliza, baila, se muestra, se esconde, se desdibuja, se desparrama, se deja ver, desaparece. No hay futuro en los ojos de nadie. Todas las posibilidades se concentran en el laboratorio de mayor inventiva de la existencia. Ahí donde empieza el camino de salida de todo lo que se considera desechable.

Quedarse así. Quieta. Sin tanta historia.

Pero no. Imposible. Hay que salir a trabajar. A ganarse la vida. Hay que atravesar la puerta de calle y recordarlo todo: que estas no son las avenidas principales de la propia ciudad; que el único cielo posible de ser visualizado pertenece a un hemisferio ajeno; que ni aquí ni allá, ni en el borde de ningún otro abismo, la luz se ha decidido, todavía, a declararse pública, oficialmente curva, y a dar vuelta a la esquina detrás de mí cuando doblo;

que no llueve, hoy; que las nubes son gordas, anchas, que se deforman con el viento.

115 De un lado, el mapa del mundo. Bien instalado, colgando de la pared izquierda del cuarto que, en 1997, es el de mi hija. Mi hija ya de trece años. Y del otro lado, adherido a la blancura de la superficie de la pared derecha mirada de frente a la ventana, un poster gigantesco en rojo y negro de la guerrera y diáfana belleza del Che.

Me había tirado un rato sobre la cama de mi hija a descansar de la inmensidad. Trataba de estrechar los límites que me rodeaban. Trataba de ajustarlos a las medidas sólo mi cuerpo. Tenía que autoamasarme y recuperar mi propio formato. Tanta onda expansiva que cruje, que parte de, que ruge desde los impulsos internos. Tanto desparramo de uno mismo. Así que me acomodé sin mucho detalle a lo largo de la cama y puse algunas almohadas a mis costados, imaginándome que podían hacer las veces de féretro. Y al rato me quedé algo así como dormida. Cuando abrí los ojos vi a mi alrededor y el primer pensamiento fue Ajá, aquí estoy. Aquí estoy otra vez despierta, entre el Che Guevara y el destino del mundo. Entre el planisferio y el destino del hombre. Y respiré con cortedad, preguntándome si no sería adecuado adaptarse, reconocer que no hay medidas ni límites, que el desparramo de uno mismo es la única condición, lo que nos permite mantenernos vivos. No iba a poder respirar profundamente si no tiraba al piso, con cierta violencia, las almohadas que intentaban convertirme en una sola yo misma.

Tarea prodigiosa y diaria la de la aceptación de la inmensidad, la del entendimiento de que el uno mismo es sólo un trabajo de la mente, y que cada molécula que nos conforma es otro, uno diferente, y que cada uno es todos los demás, y que tenemos ese cuerpo que creemos propio tan esparcido, tan disperso, que cada uno de nosotros es un jovial desparramo de moléculas, y que estamos diseminados en vida a todo lo largo y a todo lo ancho y a todo lo profundo de todas y cada una de las posibilidades del aire que, sin embargo y dificultosamente nos, digamos, contiene.

116 Porque nos dedicamos con fruición a hacer florecer las diferencias existentes. Y a las no existentes, inventarlas.

117 Y nadie dice que no sea apropiado. O apto, el juego. O justo. Hay mucha actividad en el camino entre la aceptación de la inmensidad y la producción de diferencias. Hay mucho, mucho movimiento.

118 Terminaba el año, en Pasadena. 1981. Terminaba el año de reales doce meses en la casa de Pasadena con un libro de poemas casi completo y los primeros pasos de una novela en avance. Y llegaba el compañero de rulos rubio-ceniza. Bajaba del avión de Aerolíneas Argentinas que lo depositaba en el aeropuerto de Los Ángeles. Que lo ubicaba frente al inicio de un camino factible: el de la aceptación de la vastedad. El de la visualización, a todo lo ancho, de la danza de nuestras moléculas flotantes. De la gran desolación que nos mantiene ocupados y ágiles. Pero para aceptar hay que entender.

119 The wild side: el del entendimiento. El de las penetraciones múltiples. El de la captación de la verdadera profundidad de nuestros propios agujeros.

120 Wild.

121 Pero decir wild es como no decir nada. Es como decir lo siento. Es como reírse de uno mismo. Como reírse de cualquiera que ignore los motivos de nuestra risa. Estéril. De manera que mejor ahorrarse los calificativos.

Sentado entre el público abundante y sonoro de un teatro (y sobre todo si la butaca que nos ha tocado en suerte está excelentemente ubicada en un rincón contra la pared y en la última o penúltima fila) es posible reconocer rostros y sombras, las sombras en los rostros, los rostros en las sombras. Cuando ese juego de luces y de oscurecimientos, de brillos y de eclipses también abarca los espacios abiertos del escenario, se facilita la interpretación de las encrucijadas que van planteando, entre pausas en el canto y en los compases, los rasgos de los músicos que amamos y que nos rinden sus sudores, sus vibraciones, y la variedad de fluidos de sus gargantas.

Los largos y anchos y también oscuros bigotes de uno, de uno de los cuatro, que se elastizan tan adheridos a la fortaleza física de la cara que los expone, de la nariz y de los labios que intentan ocultarlos, entran y se escapan del registro de su voz como si fueran las propias palabras que están, que van siendo, cantadas. Como si fueran representaciones gráficas, oscuramente gráficas, de sus propios significados. Saltan y desaparecen y regresan a su sitio en un accionar de observancia a la tarea encomendada, de alborozo por saberse con la tarea cumplida. Los bigotes de Pancho. De Romerito. Y la supremacía, la potestad de su voz envolviéndonos hasta los extremos de la Historia.

Esa. La Historia. La que suele hacerse la distraída. La que suele transcurrir sin advertir el paso raudo de los acontecimientos deslizándose sobre patines.

Envolviéndonos. Apretándonos el pecho, la cavidad en que se nos emplazan los órganos esenciales. El hueco estructural en el que se nos instalan a vivir nuestros preocupados, nuestros emotivos, nuestros sensibles, nuestros expuestos, nuestros preclaros, nuestros inspirados, nuestros constructores, nuestros edificadores. Nuestros creadores. Nuestros padres. Y nosotros mismos, padres de nuestros padres. La cavidad en la que se nos instalan a mantenerse vivos nuestros muertos.

La voz que nos protege y nos despliega. Y que nos abre, desenredando sinuosidades, dejando el pasillo de la vida despejado hacia cualquier brote, borbotón, ataque de fatalidad.

Porque a veces detrás de las cortinas del escenario se movilizan murmullos ásperos, que producen formas puntiagudas en el terciopelo oscuro. Que hacen pensar en caños metálicos ocultos, apuntando a las espaldas de los músicos, recordándoles qué no deben, qué pueden y qué no. ¿Por qué será? ¿Por qué será que con tanta facilidad llegamos a tan particulares asociaciones?

Pero la muerte no debiera ser la opción. Hay que seguir con el canto. Hay que seguir pronunciando todas las palabras. Hay que emitir el sonido más agudo, hay que modular hasta la sílaba final para traspasar el límite, para borrarlo a gritos, para convertirlo en bruma, para trascenderlo.

Aquí, allá o más allá. El dónde es sólo una palabra, no una preocupación. Obstrucciones, impedimentos para el ejercicio del internacionalismo con el que debemos cumplir, no. No se admiten.

Por lo tanto, sin tanta queja ni tanto lloriqueo, después de haber tratado de evitarlo por años, después de haber jugado a eludir tantas formas puntiagudas en el terciopelo oscuro de los sucesivos escenarios, de los grandes, de los estrechos, de los plenos de esquizofrenia, hubo que decidirse por la retirada. Que no era la peor de las fatalidades aunque no había cómo deshacerse de la tristeza, que no era más escalofriante que las amenazas pero no había cómo deshacerse de la rabia, que representaba el final de las persecuciones, pero que llevaba a enfrentar una nueva forma de la historia cuando uno ya tenía la propia, y no necesitaba ninguna originalidad ni ningún nuevo invento ni noticia alguna que pudiera resultar sorprendente. Esos particulares momentos de la vida en que, ay -y tantos de esos, tantos-, esperamos, por favor, deseamos, suplicamos, que nadie nos acerque ninguna noticia de ninguna índole ni categoría.

Adiós Cosquín. Adiós Rosario. Adiós Córdoba.

De mi propia cola, que se cuide el diablo. Del colorido de mis plumas que se cuide el loro, que no deja de parlotear. De mi propio alivio que se cuide mi conciencia.

Y nos iremos más o menos caminando, más o menos a los saltos, más o menos arrastrando los pies. Tratando de combinar los movimientos de las dos piernas, de coordinar los ritmos. No vaya a ser que una intente avanzar y la otra se le interponga, ¿no? Se le cruce.

Y así sucesivamente.

Hasta que se produce el aterrizaje entre neblinas, manifestaciones de admiración y afecto por parte de caras desconocidas a cargo del recibimiento del nuevo exiliado político sudamericano, narices, ojos desconocidos representantes de Amnesty International, la Cruz Roja Internacional, y cuanta internacionalidad y derechos humanos y amabilidades quepan en los huecos que se instalan, firmes, entre el país que se inventa el horror y lo disemina, y su propio patetismo ficcional, el del supuesto esfuerzo por salvar a la humanidad de toda injusticia concebible. Y además algún conocido, quizá. Por ejemplo el exiliado que llegó, en similares circunstancias, unos meses antes. Y quizá, también, como en el caso de los bigotes de Pancho, la mujer que lo esperaba para mantenerse a su costado por todo el tiempo que fuera posible.

A ver qué podemos hacer acá. Crear un nuevo conjunto musical. Con mi voz y mis impulsos. Con mi talento interpretativo y la celeridad de mis necesidades artísticas. Con el apoyo de mi esposa, compañera flamante, y el reconocimiento de un público que, si no me recuerda, estará dispuesto a saber de mí. Cantar en fiestas privadas de argentinos bien intencionados y nostálgicos, en peñas organizadas por argentinos, chilenos, nicaragüenses, grupos de gente y familias que seguramente han comprado mis discos en sus países cuando todavía podían correr el riesgo de elegir por un cierto protagonismo en el campo de batalla. Ellos están aquí por razones similares a las mías y van a entender mi voz, mis gritos de tenor y mis silencios. Ellos serán mi público en Los Ángeles. Y en el resto de los Estados Unidos. Sí. Ellos serán el sistema de catapultas que, entre una actuación y otra de mi grupo, va a propagar mi palabra poética y política, folclórica y sureña, entristecida pero firme y convincente.

Y por el tiempo que tome llegar a este estado de cosas, habrá que comer. Comer puede implicar trabajar. Trabajar no debe implicar tener que entenderme con nadie en inglés. Eso podría llevar demasiados años. Podría llevar una especie de eternidad. Trabajar en español. Ya oí bastante de lo que es posible, de lo que es razonable esperar en cuanto a eso. Los recién llegados pintan paredes. Limpian oficinas. Friegan casas. Frotan mansiones. Con gran suerte logran acceder al distinguido status de babysitter.

Vamos, Pancho, vamos, con esos poderosos bigotes, con esa apariencia de bonanza en los ojos oscuros, tan sonoros como tu garganta, con esas entradas inminentes que van tomando espacio hacia los costados de la generosidad de tu cabeza. Vamos. Como todo en la sucesión de nuestros días, esto es pasajero. Mientras conocés nueva gente, amigos, otros cantantes, músicos que estén en la búsqueda de un líder que traiga concentradas las electricidades requeridas. De imperiosa presencia en la creación de un conjunto folclórico que no sólo cante sino que también diga.

Mientras vas abriendo tu camino existe este hombre, también argentino, que era arquitecto en Buenos Aires, y que aquí con los años logró aprobar el examen para obtener una licencia de constructor, y aunque vos no seas constructor ni albañil ni nunca hayas hecho este trabajo, podés, no sé, intentarlo, trabajar para él. Ya hablamos y está dispuesto a darte trabajo, vas a aprender algo nuevo, vas a ayudarlo a pintar paredes, a limpiar el desastre que queda después de terminar con cada trabajo, y dice que te va a llevar a comprar los materiales que necesite para cada casa que arregle, porque lo que más hace es reparaciones, para que de a poco te vayas dando cuenta de qué es cada cosa y para qué se necesita, porque ya te comenté que la forma de construir acá es muy diferente a la de Buenos Aires o Rosario, acá no se usan ladrillos, nada pesado o duro, se usa madera y cartón, porque esta es área sísmica. También te va a ir diciendo los nombres de las herramientas y de los materiales en inglés, y de esa forma vas a estar obligado a ir aprendiendo el idioma. No es que no vayas a poder sobrevivir en español en Los Ángeles, sobre todo si vas a estar trabajando en esto, pero no tenés idea de la enorme libertad, independencia, que te va a otorgar poder expresarte en inglés.

Y un auto. Esa es otra cosa en la que hay que pensar. Aquí, en Los Ángeles, sin auto no se funciona. Con este trabajo vas a empezar a juntar unos dólares, y con eso te vas a poder comprar un auto usado, que no tenga mayores problemas, lo más importante es que no te deje parado en el medio del freeway. Los autos japoneses son los mejores, un Toyota, por ejemplo, que gasta poca gasolina. Y así vas a ir saliendo adelante poco a poco. Ya vas a ver. Vas a ver. Y acá hay de todo. Vas a poder sobrevivir, y al menos nadie va a estar dándote órdenes sobre qué cantar y qué no. Tendrás que crearte un público, pero se va haciendo. Eso es parte de la vida del exiliado. La vas a hacer, acordate. Vos ya tenés una vida artística armada y segura. Al menos en Argentina. Sabés perfectamente lo que hay que hacer para continuarla, aunque sea en otro lugar del mundo. No tenés que pasar exámenes como Celia, la médica pediatra amiga de José Laborde, que no hubo caso, no aprobó nunca los exámenes en inglés. Ahí la tenés, ahora, fabricando canastitas con flores secas. Y, lo que es peor, tratando de venderlas.

Pero bueno, sí, son los avatares. Al menos podemos decir que estamos vivos. Tanto vos como yo podríamos estar ahora en la total incapacidad de pintar ninguna pared.

Romerito. El inmortal. La mejor voz de la Tierra, junto con la Negra Sosa. La gran leyenda de Rosario. Ahora en Los Ángeles. Poco a poco. Ya vas a ver. La vida es larga. No para todos, ya sé, ya sé.

Es como una calesita, ¿viste? Uno se ubica, más o menos, qué sé yo, en un lugarcito, como un caballo de madera, no el de Troya, uno menos pretencioso, y empieza a dar vueltas. Cuando el tipo a cargo de hacerla funcionar aprieta el botón, por supuesto. Ni antes ni después. Mirando hacia adelante, porque un caballo de calesita no gira la cabeza para los costados, ¿no? Así que con rigidez, quizá, sí, para qué te lo voy a negar, un poquito como tieso por las circunstancias, por eso de que hay que estar peleando, pero mirando para adelante, de pronto algo, alguito, medio indefinido, indica que hay un cambio. Y el cambio es que algo empieza a moverse. Y es la calesita girando. Dando vueltas en redondo. Toma impulso. Y la cosa es simple: si tenés la audacia, la vitalidad, pegás el salto y te escapás del movimiento circular. Vas a dejar a la calesita con un caballo menos, pero vas a ser dueño de tu propio trote. Más o menos, claro. Porque nada es absoluto. Los casos no son demasiados, pero cada tanto aparece alguno que la hace y nos sorprende a todos. Y ésos son los que nos reivindican. Los que salvan al resto. Los que nos hacen sentir orgullo por quienes somos. Vos, Pancho, no podés defraudarnos. El exilio argentino en Los Ángeles depende de tu voz.

Wild, señores. Wild.

122 La bruma, que despliega la majestuosidad del gris sobre los cielos habitables.

123 Y la otra opción, la que se hace notoria cuando las nubes adoptan todos los colores, todos los brillos.

124 Y el sujeto de nuestro deseo. Y el objeto de nuestra necesidad. Y los motivos para nuestras angustias. A los que siempre volveremos.

125 Ancho, amplio, verde, verde el jardín de la casa de estos californianos progresistas, altos y rubios, munidos de dos pares de ojos celestes (uno por cada uno de ellos), medianos y de mirada blanda como almohadones de pluma de ganso. Ella de paso lento y sabio, él de pelo inquieto y vellos enrulados en las largas piernas más o menos masculinamente cruzadas. Más que jardín, parque. Bosque. Varios años de vivir juntos, casados. No hijos. Mucha lectura, mucho estar al tanto de la adversidad en los países pobres del mundo, sobre todo en Centroamérica y Sudamérica. Y la sonrisa leve y distendida de saberse, de realmente saberse, miembros de Amnesty International. Bosque ancho y profundo, cancha de tenis. Piscina. Blancos los shorts de ella, difícilmente distinguibles de las piernas. Tanta blancura aquí y allá. Y ese planisferio gigante en la pared del living-room, plagado de banderitas rojas y magnéticas que celebran la maravilla de haber visitado, realmente visitado, todos esos lugares, towns, de los países pobres, Machu Pichu incluido, Tierra del Fuego, Cancún.

Se va sentando, una, en el sillón de plástico blanco con mullidos almohadones a rayas verdes y blancas, todavía un poco húmedos de la imponencia del amanecer marítimo, de sus rocíos, de las dimensiones de sus turbulencias. Se va sentando, una, pensando: no importan los pantalones. Quizá se mojen. Quizá la humedad les entre y se vaya quedando en las costuras. De todos modos tendrán que ir secándose. Se irán secando. Porque no voy a hacerme la delicada, ahora, no voy a hacerlos pensar que soy una nenita de mamá inquieta por trivialidades. No, no. Al fin y al cabo una está acá más que amablemente invitada a pasar un día soleado, colorido de ensaladas diversas e invadido por un próximo futuro olor a carne asada para cerca de cuarenta personas que están muy interesadas en "conocer detalles de tu experiencia en la cárcel, la situación política en Argentina, la realidad de los campos de concentración, del papel de la Iglesia en la represión, porque las palabras salidas de la boca de alguien que ha pasado por lo que vos has pasado son un estímulo incomparable para los nuevos miembros de Amnesty". No es que una ha venido acá a bailar, a lucir el modelito. Así que.

Tan veloz, ella. Con el trapo en la mano, con un gesto en la mano, no te sientes, let me dry it for you, y esa dulce circulación de vapores, como néctar de mango, que se percibe a la altura del pecho, de los pechos, del estómago. Gracias, Janis. Porque se ha convivido tanto con el dolor. Porque se ha carecido tanto de todo lo que no hayan sido las propias fuerzas.

Y sobre el asiento mullido y seco una se sienta, se va sentando, una va apoyando levemente, pesadamente, el culo ascético, casi mormón y límpido, una va captando la avidez y la simpatía y la tolerancia y la condescendencia de las cuarenta miradas que abrigan, que succionan, que establecen el contacto, que huyen del contacto, que curiosean, que creen entender, que ignoran y que se sienten, sin ninguna alternativa, indispensables, insustituibles, preclaras. Y así es como, desde los propios intestinos, atacan todos los terrores, todas las fobias, todas las debilidades de carácter, todas las preguntas y las urgencias de respuestas. Las preguntas: dónde, dónde, dónde estoy; qué carajo estoy haciendo aquí; de qué mundo surgen estos ejemplares humanos; qué, realmente, necesitan, quieren; qué es lo que yo les puedo dar; qué es más verdadero: mi convicción de que mi testimonio es importante para la toma de conciencia de esta gente voluntariosa, o la alegría que se me desparrama por los interiores cuando la elocuencia, la solicitud de una mano seca el asiento donde mis glúteos se van a acomodar por el resto del día.

Y la urgencia de respuestas. Justo en este momento, en que lo único que se requiere de mí es un relato, emotivo, por supuesto, de la muerte, de la vida de donde emerjo. Justo ahora, resulta que aparece la exigencia de respuestas. Y ese tonito. Con ese tonito perentorio.

126 Inadvertidos, desaforados, desubicados los objetos de nuestro deseo, de nuestra necesidad, de nuestra angustia.

127 Lo que acabás de contarnos es increíble. Absolutamente conmovedor.

Entonces, ahora, cuál es tu status legal (todo en inglés, o con traductores de por medio), migratorio. Entré como turista. Ah, no sos refugiada, entonces. Bueno, no, entré como turista. Sí, entró como turista pero ya está solicitando el asilo político. ¿Dónde lo solicitaste? Acá, en Los Ángeles. ¿Pero no te lo dieron en Argentina antes de que dejaras el país? No, no me lo dieron. No, no se lo dieron. Por eso tuvo que venir como turista. ¿No fuiste al consulado de Estados Unidos en Buenos Aires? Sí, fui dos veces. Dijeron que no. Que no me daban asilo ni refugio por mis antecedentes. Cómo que no te los daban por tus antecedentes. Eso es ridículo. Sin antecedentes, ¿qué razones ibas a tener para pedir refugio? Sí, contradictorio, ¿no?, pero así fue. Pero bueno, esto no es Francia. No es Suecia. Me dijeron que ellos no quieren gente de izquierda, subversivos, aquí. Así que no conseguí visa como asilada. ¿Y entonces qué hiciste? Solicité visa de turista a través de la agencia de viajes que me vendió el pasaje. Como cualquier persona que quiere salir a pasear. Y como esa agencia de viajes trabaja desde hace años con el consulado de Estados Unidos, la pila de pasaportes que entra al consulado cada día es sellada automáticamente. No preguntas. No nada. Y así logré salir de Argentina y entrar en Los Ángeles.

Bueno, bueno, querida. Todo está bien, ahora. Ya estás aquí, rodeada de amigos, de gente que te va a proporcionar lo que sea que necesites, y al final vas a conseguir también tu asilo, y poco a poco se irán acomodando las cosas. Y tu compañero va a salir del país, y va a juntarse acá con vos, y si tampoco a él le dan el asilo, entrará como turista. Y seguirá el mismo proceso. Pero van a estar bien. Acá van a encontrar un sitio donde nadie los persiga, ni los amenace, ni los torture, ni los quiera matar. Vamos a estar pendientes de tu bienestar. De las necesidades de los dos.

¿Y cómo estás haciendo los trámites para el asilo? Con Al Furman. Es abogado, miembro de Amnesty. Oh, yes, yes. Lo conozco. Es un tipo maravilloso. Está haciéndoles los papeles a varios ex-presos políticos de Latinoamérica. Tiene mucha experiencia. Sabe lo que hace y tiene un gran sentido de justicia. Es exactamente lo que necesitás. Todo va a salir bien, ya vas a ver. ¿Tenés hambre? Muchas gracias por todo este relato, ¿ok? Muchas gracias por revivir todo ese horror para hacernos partícipes de lo que está pasando tu gente. Nosotros necesitamos escuchar todos estos testimonios. Ayuda enormemente que nos hablen así, de manera tan directa. La gente nueva necesita entender, y vos has contribuido a eso, hoy. Gracias. Muchas, muchas gracias.

Debés tener hambre. Ya va a estar el asado. Mirá esa mesa llena de ensaladas. Mirá los colores. Mirá la frescura. Mirá las cantidades y los tamaños. No vayas a creer que no nos sentimos culpables. Pero al menos estás vos con nosotros aquí, podemos compartir con vos lo que tenemos. ¿No son increíbles los colores? ¿Y el cielo? Mirá la luz que proyecta el cielo. Ya pasó el mediodía. Hace más de dos meses que estás en Los Ángeles. Se va terminando el verano. Teóricamente. Ya te vas a dar cuenta de que en Los Ángeles es verano casi todo el año. Y una siente un brazo que le rodea los hombros. Y una ve una cara femenina y sonriente acercándose decidida. Y una pareja de jóvenes, ella embarazada, que con mucha buena voluntad intenta un abrazo de cuatro brazos y al unísono sueltan los dos algo así como God, you look so young and strong... Thank you, very much, for being with us today. Y la lentitud llena de alegría de un viejo moreno y petiso y simpático que me dice que es español ex-combatiente de la guerra civil (Si me quieres escribiiir, yaaa sabes mi paradero, si me quieres escribiiir, yaaa sabes mi paradero: en el frente de batalla, primera lí-nea de-fue-go. Eeen el frente de bataaallaaa, priiimera línea de fueeegooo) que también abraza, que aprieta las dos manos con sus dos manos cálidas y enérgicas.

Y escucho el chirrido de mi propia voz, multitudinaria, apareciendo por mis articulaciones, mis rodillas, las vértebras de mi columna, gritando, por favor, por favor, quiero tanto, tanto quiero vivir. Me muero, me muero cada día por vivir.

Y se van agregando preguntas a la acuciante lista personal: cómo, cómo, con qué paz, con qué calma, con qué sosiego es posible respirar para que entre el aire. Para que el oxígeno haga algún trabajo de purificación en esta sangre que nos da el movimiento. Que nos imprime el ritmo. Las proporciones. Con qué paz.

128 Una sopa de verduras en la que las delgadas rebanadas de zanahoria flotan a su gusto. No, no, no, no. ¿Quién dijo que es esto lo que quiero comer?

129 Desabotonar. Desacoplar. Desagregar. Desajustar. Desaferrar. Desarmar. Desarticular. Desatar. Desbaratar. Desarreglar. Desbrozar. Destrabar. Desobstruir. Desquiciar. Desgarrar. Desmontar. Desmadejar. Desempotrar. Desgajar. Descifrar. Descuartizar. Destornillar. Desordenar. Desharrapar. Desmenuzar. Descolocar. Desfigurar. Desengarzar. Desmigajar. Despulpar. Desmoronar. Desvencijar. Desplumar. Desligar. Desgreñar. Desmembrar. Deshojar. Desenganchar. Desenredar. Descascarar. Descoyuntar. Descalabrar. Desengranar. Desjarretar. Desmañar. Destartalar. Destejer. Desovillar. Deslindar.

130 Desnudar.

131 La visión desnuda de tu figura iluminada por algunos rayos lunares en este momento de la noche, en este lugar de la noche, no me conmueve. La desnudez de tus interiores, la visión de las inflamaciones de tu hígado, de tus intestinos, la posibilidad que me da la desnudez abierta de tu cuerpo, de tus cuerpos, de contar las palpitaciones de tus órganos tan conectados entre sí y a la vez tan gozosamente independientes, no me afecta. Sigo paseando la mirada por los alrededores de mi propio cuerpo con esa especie de tono distraído, casi, casi real, y la perspectiva de lo que aparece como un genuino vacío, una inmensa nada circundante, no me asusta. Es la representación de la libertad. Es el espacio abierto donde iré instalando las creaciones, los inventos nacidos de mi estado de libertad.

132 ¿Cómo es que llegamos hasta las orillas de este mar? Se la olía. Sobre las caras de los habitantes del país se iban proyectando las sombras violáceas, geométricas, que la enorme granada producía en su recorrido hacia el impacto próximo. Era posible percibir un olor metálico que guiaba las cabezas hacia ese cielo concreto y característico de nuestra cotidianidad. Y ahí estaba. Acercándose. No había misterios en torno a su origen. Ni dudas sobre su núcleo de un singular explosivo y su coraza fragmentable. Así que las intermitentes alegrías iban desapareciendo de nuestros músculos, y las acumulaciones de adrenalina iban instalando las tensiones y la incredulidad. Los miedos y las formas que iba a ir tomando el desafío. Se la veía y se la observaba en su voluntad de disminuir las distancias. Verde. Grisácea y verde. Con un detonador dispuesto a todo. El impacto nos encontró reunidos planeando los detalles de la resistencia. Y la explosión alteró nuestros números y nuestro poder de decisión. De pronto éramos esquirlas, o éramos el resultado de un estallido gigantesco, esquirlas de nosotros mismos, esquirlas de un conjunto. Y se nos vio atravesar los cielos sin oportunidad de despedirnos de los que en la explosión fueron perdidos de vista, en movimientos arqueados, elípticos, veloces, con impulso hacia una multiplicidad geográfica, hacia una infinidad de destinos.

133

Ya no digo que no te dejo porque nuestra separación sería otro triunfo de los milicos. Ya ni siquiera lo pienso. No surge de los agujeros de mi cerebro. Ahora, dadas las circunstancias, el verdadero triunfo de los milicos sobre nuestras vidas políticas, sociales, personales y privadas sería que yo me decidiera por el acto heroico de mantenerme al lado tuyo a seguir escuchando atentamente, o no tan atentamente, los crujidos de tu voz atravesando la garganta que se mantiene notoriamente cerrada para dejar salir Ah, sí, estas calles, las de Los Ángeles, son más angostas que las de Buenos Aires. Ah, sí, estos parques son comunes y silvestres, y encima aburridos, no tienen gente, y los de Rosario, en cambio, rebosan de vitalidad, con los chicos corriendo, gritando, jugando. Y aquí la gente se odia entre sí, y si te pasa algo en la calle, si tenés un accidente o te descomponés, todo el mundo te pasa por encima, nadie te socorre, nadie te ayuda. Los norteamericanos son fríos y egoístas, andan desparramando a diestra y siniestra esas sonrisas inmaculadas e hipócritas, sin sentir nada de lo que expresan. Nosotros, los argentinos, en Argentina, no podemos tener más problemas, pero al menos sabemos lo que es la solidaridad.

83

Aquí nadie tiene la menor idea de lo que significa esa palabra. Y ni hablar del inglés. No pienso molestarme en aprenderlo. Demasiado pobre como idioma para el anchísimo espectro expresivo de los argentinos. Las palabras del inglés no me alcanzan para garantizar la perfecta, la precisa representación de mis ideas, para enunciar, formular todas mis preguntas, para exponer la complejidad de mis respuestas.

Qué ha pasado. No hay miedos que no tengas incrustados en los músculos. Ni inseguridades que te hayas olvidado de adquirir. Ni fobias que hayas preferido no desarrollar. Y yo necesito un enorme espacio vacío a mi alrededor. Algo así como un ancho disco blanco, transparente, que me contenga, que me preserve, que me emancipe. Que me otorgue el oxígeno indispensable, compañero.

134 Así que basta.

135 Bas-ta.

136 Buscaba una ecuación. Investigaba en todas las combinaciones posibles: inteligencia con indiferencia ante los placeres de la vida. Inteligencia con fealdad física. Inteligencia con belleza física. Inteligencia con buena salud física. Inteligencia con todo tipo de incapacidad física. Inteligencia con gran inclinación hacia la comida y el sexo. Inteligencia con todo

tipo de vicios y debilidades. Inteligencia con enfermedades mentales. Los bastones en los que es posible apoyarse para mantenerse en movimiento. Conejito de Indias: Samuel Johnson. Lo leí, lo diseccioné, lo escruté, lo apreté contra mí, lo puse a distancia, volví a acercarlo, le metí los dedos en las entrañas, los moví en todas direcciones, observé las reacciones, lo dejé dormir, lo volví a despertar, le hice centenares de preguntas, no le di oportunidad de que me las contestara. Le pedí que se fuera, que me dejara en paz. Si buscando en el aparato digestivo de Samuel Johnson no me daba hambre ninguno de sus órganos, ni de los rescatables ni de los desechables, mejor dormirme una siesta. Quizá me sentía más necesitada de otro Samuel. ¿Beckett? Molloy.

137

Porque todas esas combinaciones son equiparables a una caminata aparentemente tranquila por la playa. Por alguna de las playas. Es posible sentirse una o varias de esas combinaciones. Sobre todo cuando hundir los pies en la arena húmeda significa dilucidar. Deslindar angustias, demarcar los motivos de angustia de los motivos de alegría. Qué nos abre al llanto y qué al momento de satisfacción. Tan intrincado.

Entender por qué el roce del codo en la sábana con olor a jabón de lavar la ropa ahora me despliega por todos los poros esa sensación de apertura, de entrega, de audaces ganas de reírme a las carcajadas, y un minuto más tarde podría hacerme estallar en uno de esos llantos largos, monótonos, automáticos, provistos de hipos y otras dificultades respiratorias, durante los cuales se descubre que en realidad se están llorando las penas de otros. Que las penas de otros sean, además, las propias, o que no lo sean, es otra de las cuestiones a dilucidar. Si importara.

138 Y cuando el codo en la sábana me desencadena la risa, me estoy riendo a lo loco con un grupo de compañeras en un recreo en el patio de la cárcel de Villa Devoto, por alguna pavada, algún chiste, el florecimiento del buen humor, del ingenio de alguna. Y cuando el codo en la sábana me desencadena el llanto, estoy llorando de rabia ante la imposibilidad de detener la mano de un torturador moviéndose en dirección de los testículos de un compañero, picana eléctrica en mano.

Estrategias del cerebro, que ha decidido recordarnos, segundo a segundo, que no han sido traspuestas las fronteras del país en el que hemos nacido con el propósito de disfrutar de unas simpáticas y conmovedoras vacaciones.

139 Las sombras, ¿no? Esas formas difuminadas en distintas escalas del gris, incrustadas, diamantes montados, en la superficie de la luna, imperturbables por una infinitud de tiempo. Y la tristeza de no haber vivido lo suficiente como para haber tenido la oportunidad de soñar, de pie sobre terreno lunar, con la perfección de las formas, de las sombras, de las luminosidades, de los contenidos de la Tierra.

140 Pero cada vez se vuelve a vivir. Se resucita, créase o no. Se despliegan todas las habilidades, todos los trucos. Se le permite al ingenio hacer de las suyas y abrirse como la cola de un pavo real, exhibir todos sus colores y sus diseños. Y después vanagloriarse. Por supuesto. Porque para qué tanta sabiduría y tan extraordinarios resultados si uno no va a tener la oportunidad de servir, aunque sólo fuera, de ejemplo. Ejemplito.

Ante cada susto, ante cada sobresalto, ante cada indignación, ante cada asomo de ahogo, la cosa es encontrar el instante para poder clavar las pupilas contra algún punto de la extensa línea que separa el azul del cielo del azul del agua. Que los junta. Y se crece. De pronto se crece, uno aumenta, uno puede llegar a invadir las superficies, las profundidades, las alturas.

141   Las penas de otros.

142   El verde de los cielos, el púrpura de la grama extendido hasta los confines alcanzables por los ojos, el casi dorado, entre dorado y negro reflejo de la sombra de los pájaros en sus vuelos circulares sobre las cabezas de las vacas vivas, blancas, blancas y meditabundas. El anaranjado de los ojos de los sapos. El azul y el grosor de sus uñas. El extrañamiento. Lo que otros llamarían nostalgia. El esfuerzo por entender los porqués. La lentitud de las miradas que desearíamos más enérgicas, más eléctricas. La mediación de cada paso previo, de cada nuevo eslabón enganchándose a la cadena de aparentes imposibilidades. La falta de transparencia de la lluvia, cuando llueve. Y también cuando no llueve. El carácter tangencial de los sucesos cotidianos. Las formas que el oxígeno adquiere mientras va penetrando por los bronquios y llenando, con mediocridad, quizá los dos pulmones. El tono con que se adapta a las nuevas circunstancias respiratorias. La facilidad con que

vemos lo que queremos ver, no vemos lo que queremos ver, vemos lo que no queremos ver, no vemos lo que no queremos ver. Y el verde de los cielos.

143

Necesito un café, fuerte y dulce, soluble y batido, batido, batido. Batido casi hasta quebrar la taza. Pero no. No la voy a romper. Voy a hacer todo lo posible por evitar ese momento de desazón en que mis compulsiones me dejarían sin la taza que prefiero entre las más de veinte. La negra lisa. Y como hay que reconocer que las obsesiones rigen la vida de algunos, tengo que decir que me dejarían también sin café. Porque no, no lo voy a tomar en ninguna otra taza. La negra o ninguna. Así que está bien batir hasta las, digamos, penúltimas consecuencias.

144

Necesito un café cargado. Hoy es el día de la materialización del bas-ta. Sacar del departamento de Stanley y Santa Mónica Blvd. mis libros, mi máquina de escribir, la novela sobre la cárcel, sin título y recientemente terminada (y leída, en parte, por ese chileno escritor que me han presentado y, ay, carajo, exiliado en México y no en Los Ángeles), mis bombachas, mis jeans, mis fotos. Mis otros escritos. Mis viejos enamoramientos por el que fuera mi compañero. Porque también a eso hay que transportarlo con las propias pertenencias. Con el propio cuerpo. Apretado entre las piernas que, junto con la mente, se complacerán, en el futuro, de haber conservado los remanentes, indispensables para cuando, un día, se nos dé por reinventar lo que algunos ubican bajo la jerarquía de pasado.

145 Y agregarle canguros y arañas. Y recortarle malezas y ramas secas. Y adosarle colores alternativos. Y definirlo, o borronearle las líneas divisorias tan certeramente dibujadas con el lápiz de aquella sabiduría, la de entonces.

146 Y también bas-ta de este trabajo que parece mejor que frotar inodoros con una mano y escribir poemas con la otra, o que vender aislamiento (sin asbestos, que es cancerígeno) para el techo y las paredes, para que no se escape la energía, que suele escasear, para que no se vaya el calorcito, el calorcito, por favor, que no se nos desaparezca el calorcito. Basta de este trabajo en el que el dueño del negocio es el que, en medio de extravagantes raptos de inspiración artística, arma arreglos florales con flores secas, de madera, de extraños materiales sintéticos, mientras yo sumerjo en grandes recipientes de agua lavandina pura, purísima, las flores de las cuales al artista no le gustan los colores originales. Respirando (yo, no el artista) los vapores ácidos y corrosivos de mi propia estupidez. Porque tengo que encontrar otro trabajo. De éste ya he tenido suficiente.

147 Y además me quiero ir a México a vivir con el chileno escritor.

148 Y pensamos, murmuramos: ...tut, turút, turút...

149 A ver: antes de eso, antes de mover mi cuerpo y mi mente de donde las raíces no se establecen, no se agarran a la tierra, volvamos atrás, volvamos a lo que nos llama, nos gana, nos compra y nos vende.

150 Porque, la verdad, ¿qué sería el pasado sin los audaces que se animan a reinventarlo? Re-inventarlo. Volver a inventar lo que ya es: una fantasía. Una mentira, una historia creada para dar alegría, diversión, a la omnipotencia de ciertos niños que nos habitan. Pero nada más. Porque, ¿qué, de cualquier pasado, puede estar tan muerto que no se retome en cada gota del presente? ¿Qué puede estar tan enterrado? ¿Qué puede haberse desintegrado tanto en qué vacío? ¿Qué puede haber desaparecido hasta tal punto?

151 Aquella historia, la que en otras circunstancias uno se atrevería a escribir con mayúscula, la que casi no percibía el paso de los acontecimientos sobre patines, la pensada, ideada, tramada y producida, y puesta en movimiento por cerebros, manos, piernas y órganos sexuales humanos, tiene sus privilegios. Entre ellos, goza de la anuencia que le da el transcurso del tiempo para alimentarse de seres vivientes. Se los chupa, se los mastica, se los absorbe.

Uno podría preguntarse: ¿tiene, tanta antropofagia, origen en algún apremio de sobrevivencia? Por lo de la desesperación con que arrasa. Porque extermina. Aniquila y extermina. Calladamente, o a los gritos. En forma sucesiva o simultánea.

En algún momento tendré que reflexionar sobre cómo la

historia, por un término de más o menos diecisiete años, se masticó y se tragó a mi amiga Juliana (que es Estela).

152 Cuando asoma el sol por los costados del invierno en Los Ángeles, cuando nos intercepta por las anchas avenidas en medio del trayecto que nos conduce al trabajo desde nuestro Toyota Corolla vergonzosamente blanco y en buen estado, cuando nos enfrenta a través del parabrisas promoviendo una secuencia de ardores y de lágrimas, cuando nos anuncia que los rayos arrancan velozmente en línea recta hasta dar contra la piel de los habitantes de este mundo, nos miente: el invierno no tiene costados; no existen los Toyota Corolla blancos y en buen estado; nada podría hacernos llorar. Y, sobre todo, los rayos del sol no nos alcanzan en línea recta. En verdad parten desde el fuego en un constante estallido que los envía sacudiéndose, viboreando, agitándose de inquietud, de incertidumbre, enredándose unos con otros, golpeándose y tratando de establecer sus propios espacios, para llegar a nosotros, a mí, exhaustos, sin definiciones, irritados, irritantes, con ganas de echarse a dormir, con ganas de verme echarme a dormir.

153 Como cuando por las mitades de aquel siglo XX (el que acaba de írsenos en llanto, en reclamos por no haber sido comprendido, interpretado), las medias de nylon de nuestras madres se corrían y había que llevarlas a la señora de enfrente, la que levantaba los puntos. Así, uno por uno, desde abajo hacia el borde superior. Con esa especie de agujita crochet tan delicada. Así se levantan los puntos corridos del llamado pasado, enganchando uno en el otro, minuciosamente y sin confusiones, hacia los dominios del presente. A conectarse con las vibraciones de hoy.

154

Yo te pido, salvaje tierra que me calcina las plantas de los pies, una cierta tolerancia. Te recuerdo, querida, que no se aprende a levitar en unos pocos, aunque esforzados, intentos.

155

Juliana, de desplegados dulces ojos color de cielo, había llegado con otras sesenta y nueve, entre ellas yo, a la cárcel de Villa Devoto, cómodamente emplazada en el barrio del mismo nombre de la ciudad de Buenos Aires. Había sido engrillada, de la misma manera que el resto, a la plataforma sin asientos del avión militar en el que se realizó el traslado desde el sótano de la Jefatura de Policía de Rosario. Había sido desnudada para una sorprendente revisación médica al ser ingresada a la nueva cárcel, como todas las demás. Y había sido asignada al mismo pabellón que otras veintinueve, otra vez, entre ellas, yo. Todo eso después de haber pasado por las manos de los torturadores de rigor que intentaron obtener de ella la información característica sobre sus actividades políticas, y las de quién sabe quiénes más, siempre valiéndose, ellos, de los métodos no necesariamente infalibles de la picana eléctrica, los golpes sabiamente distribuidos por las zonas sensibles del cuerpo, y las violaciones en cadena. Cositas. Esto para decirlo rapidito, para dar cuenta del contexto.

Así que, llegadas al pabellón 31, mientras al menos tres

vomitaban sonoramente intentando desprenderse de las ofensas emocionales y físicas que acusábamos como consecuencia del traslado y sus detalles, mientras otras buscaban la forma de hacer notar a los demás pabellones del mismo piso nuestra presencia de murciélagos recién incorporados al nuevo ático, para establecer el contacto y que se supiera que estábamos vivas, Juliana se había convertido en una especie de rosca de reyes (sin huevo duro, sin juguete-sorpresa) depositada sobre la cama del extremo interno de nuestra nueva, rutilante morada. Y se sacudía en sollozos que, con su propio ritmo y armonía eran análogos, en términos de su función, a los vómitos que se concertaban en la hilera de tres letrinas ubicadas en el otro extremo del pabellón.

Bueno, pensé yo, que no me decidía por el vómito ni tenía ninguna claridad sobre la existencia de otros pabellones alrededor, con ese insustituible sentido de la orientación con que la vida nunca me dotó, mejor me le acerco y averiguo qué le pasa. Así que, sentándome en el borde de la que ella ya había adoptado como su cama, me quedé ahí mirándola sin que ninguna frase reconfortante ni conmovedora lograra hacerse ver por entre el estrépito, por entre el tumulto que eran mis pensamientos. O la carencia de ellos.

Y recuerdo el momento. Recuerdo el momento, sus huecos.

156

No sé si se habrá llegado a alguna conclusión en cuanto a ese viejo conflicto sobre si el cerebro puede o no, en estado consciente, quedar en blanco. Es decir, sin palabras. Pero la realidad es que ese instante no es una fantasía. Y tiene capacidades letales.

157 No hay manera de evitar la catástrofe cuando se produce la muerte de la palabra, aunque esta muerte resulte transitoria. Aunque dé lugar a la acumulación y a una futura prodigalidad sin límites (también, en realidad, pasajera). No hay manera de evitar el drama cuando la palabra decide tomarse hijas de puta vacaciones. Fatal invasión de nieves simultáneas.

158 Recuerdo el momento, sus huecos, sus pasillos a temperatura irreconocible, sin expresión. Y a mí misma me recuerdo, circulando por ellos hasta que el contacto con la combinación entre la frazada de lana perfecta para el peor invierno argentino y los furores del verano porteño me devolvieron la capacidad de emitir sonidos. Podría haber usado esa combinación, ese contraste, para estallar en desproporciones, en alaridos de rabia y de impotencia, o para hacerle alguna estúpida pregunta a Juliana (de la que todavía no sabía el nombre) que le estimulara la recuperación de su también descarriada, descarrilada palabra. Pero no. No dije nada. Y, además, Juliana había decidido llorar hasta quedarse dormida.

159 Walking, como corresponde, on the wild-wild side.

160 Y en enero del año 2000, me hago preguntas. Aunque desde la niñez hasta la cárcel mis temas literarios se iban más que decididos hacia lo social, ideológico, sensibilidades humanas, si no hubiera habido cárcel y exilio en mi vida, ¿cuáles habrían sido mis temas, además de las otras obsesiones que frecuento?

161 Y ahora una no-pregunta. Una afirmación: el clima, ¿cambia los temas? Los temas, ¿cambian con el cambio de clima? Los temas, ¿cambian el estado de ánimo? El estado de ánimo, ¿cambia los temas? La noche, límpida, ¿se incrusta en el corazón de los que miran fijamente las estrellas desde cualquier terraza o cima de montaña de este mundo?

162 Y para probar que el supuesto pasado se funde en el presente hasta completamente desaparecer en él, sigamos con Juliana.

La cárcel nos mantuvo juntas por años, hasta su libertad. Seis meses después de su libertad, llegó la mía. Vigilada. Y su libertad y mi libertad vigilada nos mantuvieron juntas por los avatares de la ciudad de Rosario, por otro año y medio. Simple, ¿no? Y en un intento de ser breve, la siguiente lista: cafés, charlas, remembranzas, problemas para encontrar trabajo por eso de ser subversivas, trabajo, amigas, ex-presas/os, amenazas de los militares, seguimientos por la calle, citaciones a la policía y al Comando del II Cuerpo de Ejército, amigos ayudando a conseguir trabajo, más trabajo, más escasez de trabajo, más amigos, más cafés, cine, teatro, más seguimientos, y alguna que otra caída en la necesidad de afecto que a Juliana, en el futuro, la haría sentirse una especie de la peor cretina habitando este mundo, aunque no a mí.

163 Para eso da tantas vueltas el planeta. Para que se mezcle en un marmolado en el que sea imposible distinguir detalles ni diferencias. Vueltas y vueltas, y los sentimientos no se distinguen de las inclinaciones políticas. Los deseos de los gustos. Las alegrías de las culpas. Los amores de las preocupaciones. Los sacrificios de los impulsos. La necesidad de sentir que se está de regreso en el mundo de los vivos y se es uno de ellos, de la inmoralidad.

164 El sueño de los diecisiete océanos móviles tomando direcciones paralelas y sacudiendo con desesperación las aguas desde las entrañas hasta convertirse en incendios sublimes y permanentes, no es coincidencia. Su carácter de recurrente no sorprende. La insistencia de las imágenes en reaparecer en la vigilia durante el desayuno, el almuerzo, durante las caminatas por la ciudad, en medio de la merienda, las horas de trabajo, las reuniones con los amigos, el tiempo en que se están haciendo los recuentos de finales del día, no es más que el capricho de hacernos ver que la potencialidad de los cambios es virtualmente infinita. El sueño de los diecisiete océanos móviles agitando sus fuegos como si nada más existiera. Como si nada más.

165 Así que fueron más o menos distribuidos los roles y Juliana quedó, aparentemente, en eso de ser la menos resistente de las dos, mientras se fundaba una sustancial amistad fortalecida segundo a segundo por los golpes dados por las celadoras contra la puerta de rejas para despertarnos cada mañana, por la cercanía cotidiana con la muerte, por la solidaridad y los desacuerdos, por el estallido de la belleza contundente de cada atardecer que, sin dudas demasiado expresadas, volveríamos a presenciar en algún momento.

Hasta aquel año de 1978, el de la libertad de muchos. En que a Juliana le fueron abiertas las puertas de Villa Devoto el 9 de julio, y a mí el 24 de diciembre. Fechas, las dos, en las que ni a su marido ni a mi compañero, el de los desesperados ojos transparentes, les fueron abiertas ningunas puertas, de ningún color ni textura, ni volumen ni peso ni tamaño.

166 No a ellos, no a tantos otros.

167 ¿Y el amor? Vayamos, por favor, tomando esto con delicadeza. Tratando de evitar las ironías. Tratando de evitar las risitas y las groserías de las que son capaces los eternos desilusionados de la vida. Poniendo a un costado los asomos de cinismo, tentadores, confesémoslo, a veces. Despacito. Controlando la inclinación, la presión leve, casi imposible de percibir, de la parte interna del labio superior contra el canino izquierdo, que de hacerse visible revelaría algo así como una ínfima porción de sarcasmo. Muy diluida, claro, en la catarata de ideas, como una pizca de páprika en la gran cacerola de puchero para los veintisiete que vienen a almorzar el domingo.

Y, además, cuidado con las incongruencias.

Porque la realidad es que se ama tanto. Todo se hace por amor a algo. O por falta de amor. O por estupidez.

Lo que realmente termina cubriendo la categoría de innecesario es la pregunta más o menos habitual que interroga sobre la naturaleza de las cosas, y que debiéramos aprender a no hacernos. Por ejemplo: ¿Qué es esto? ¿Qué es aquello? ¿Qué es lo de más allá? ¿Qué es el amor?

Porque no es nada. El amor no es nada. Y si es algo, no pasa de una mezcolanza un tanto epiléptica entre jaqueos hormonales y el terror de andar perdido por las desérticas avenidas de este transcurso. ¿O no? ¿Quién tiene, honestamente, otra versión? ¿Y no será que uno mismo tiene otra versión?

Pero, a pesar de todo, se ama. Se ama tanto. Y se llevan a cabo acciones que podrían considerarse inconcebibles si no se supiera que han sido impulsadas por el amor. O por la necesidad de ser amado, que es otra forma del amor.

Cuando se recupera la posibilidad de funcionar en ciertos aspectos, cuando se vuelve a andar en un colectivo, se va a comprar un sándwich, se va a ver una película (para no decir que se ha salido en libertad, porque es mentira: no se sale en libertad) también se estalla -cuidado: no tomarse este axioma seriamente- de amor. Pero más que nada se experimenta una salvaje y graciosa, casi cómica, ansiedad por ser querido. Y no hay manera de verse satisfecho al menos que uno decida entregarse a ser querido. Lo cual, desde todo punto de vista, muy pronto exhibe un abanico de consecuencias. Algunas sucumben ante la pura belleza de un hombre, como le pasó a la dulce Juliana. Otros quedan más confundidos por la tentación de acumular nuevas experiencias, como me pasó a mí. Pero estas dos condiciones en las que algunos humanos abundan, o de las que gozan normalmente, o de las que algunos carecen, no son tan vanas como ciertos infalibles querrían pensar (con tal de poder echar culpas en diversas direcciones). La belleza es amor. El sexo es amor. Todo lo apetecible es amor. Y desde ya también nuestros compañeros, maridos, novios, encarcelados, eran el amor -que nos esperaba cuando ellos recuperaran la calle-, y no era que nos estábamos olvidando de tamaño privilegio, claro que no.

168 No, no nos estábamos olvidando de nada. Ni de cuánto tiempo lleva llegar a sentir que algo como unos pequeños granos se van abultando en nuestra nuca, ni de cuánto despliegue de sorpresa cuesta entender que son ojos, y que junto con esos ojos aparece la posibilidad de usarlos.
Y así las cosas.

169 De nada. Ni siquiera nos olvidamos de lo que no hemos visto. De lo difícil de creer. De lo finalmente aceptado. De lo que acaba por integrarse a nuestro tejido muscular. Cómo dejarlo ir de la manera menos (o más) expeditiva, la que se supone que alivia pero que no hace más que sobrecargar las tintas del horror: un sofá mullido y una novela de John Grisham.

170 Así que damos un salto y volvemos a Juliana. Que se desplazaba por los aires hacia Aubervilliers, barrio o pueblo de las afueras de París. Con su esposo recientemente rescatado de la esquizofrenia de las celdas argentinas.
Livianos fragmentos de estallido, esquirlas del atardecer.
Y Juliana, voluntariosa y volátil, entregada desde ese ins-

tante de la gloriosa entrada en el avión a la tarea nobilísima de recuperar su relación con Vicente. Razonable. Así debían ser hechas las cosas. Los caminos del amor original debían completar su curso. La interrupción no había sido dispuesta por los afectados. Había llegado de afuera, había sido externa y apenas sospechada. De manera que ahora todo quedaba atrás: Rosario. El bello hombre que le había hecho recordar que estaba viva. La familia: padre, hermanas, madre, cuñados, sobrinos. Grupo de amigos. Para mencionar sólo los elementos estrictamente humanos. Y allí iba, sentada junto a su marido ex-preso político, en un vuelo de AirFrance. Seguramente ensardinada entre una gorda que ocupaba el asiento del pasillo (por eso de no estar frotándole el culo en la nariz a nadie con cada ida al baño) y Vicente que, como individuo que acababa de ser desenterrado del espanto, merecía la ventanilla.

Y a todo esto yo en Los Ángeles, percibiendo la tercera parte del todo, absorta ante los hechos que implicaban al griego verdulero, haciendo esfuerzos por descifrar el conglomerado de estrellas en el nuevo cielo, esperando, atenta, señales del aterrizaje de Juliana en París.

171 Porque en la vida tienen que suceder cosas. Porque no estamos, algunos, dispuestos a quedarnos sin acontecimientos. Y si no aparecen desde otras dimensiones, simplemente hay que producirlos.

172 ¿Será que, al final, esta existencia que sobrellevamos es una fábrica de acontecimientos, de la que todos los que queramos podemos hacer uso en la medida en que necesitamos enfrentarnos con el aburrimiento? Digo, porque no todos somos fóbicos al tedio. Los aburridos son muchos, y les encanta. Allí están, con la mirada en dirección al aire, a las pelusas del aire, sin ningún tipo de conflicto.

173 Entonces Juliana (tut-turút-turút...) se puso a caminar por París y sus alrededores. Caminó y caminó, hasta que aprendió francés. Caminó y caminó percibiendo cada día un poquito más de la realidad que la rodeaba y contenía. Caminó, mientras resistía muy a duras penas los embates de Vicente, que se moría por obtener una confesión con detalles sobre el hombre bello con quien Juliana se recordaba viva. Seguir los detalles de ese proceso primero desde los abiertos atardeceres de Los Ángeles y después desde las pavimentadas y terrosas calles de la ciudad de México. Hubo tantas cartas desde Aubervilliers. Todas de tantas páginas.

Hasta que Vicente decidió que la única forma de convencer a su esposa (y ya madre de su primogénito) de que podía hablar sin correr riesgos, era prometiéndole que nada cambiaría entre ellos. Porque él era magnánimo, desinteresado, y más que nada perfectamente capaz de comprenderlo todo, incluso la necesidad de Juliana y de cualquier otra ex-presa (esa otra era yo) de afecto, de sexo, de compañía, después de todo lo que habíamos pasado, después de todas las desavenencias con las que nos había enfrentado el destino, después de los injustos golpes que nos había asestado la vida, nuestras vidas peores que cualquier telenovela producida en Latinoamérica, encima reales, carajo, reales, y yo te voy a entender plenamente, porque además, te advierto, no estoy dispuesto a perderte, tenemos un hijo y espero tener otros, mi amor por vos y nuestra familia no se comparan con nada, no hemos llegado hasta aquí en la historia de nuestras experiencias para largar todo por la ventana como si tuviéramos alguna posibilidad de volver a nacer, además quién quiere volver a nacer, nosotros merecemos ser quienes somos, y ahora, ya mismo, seguir orgullosos de nosotros mismos, orgullosos de entendernos unos a otros, de ser, precisamente, diferentes, de ser capaces de no reaccionar ante los inconvenientes de la vida con la tradicional vulgaridad del machista pequeño-burgués malcriado, acostumbrado a obtener lo que sea que se le antoje y por cualquier medio, al que circunstancialmente se le ha escapado de entre las manos la entrepierna de la mujer, por esas cosas de la vida, por un accidente entre tantos de los que son posibles durante la compleja, heroica, interminable, insustituible tarea de cambiar el mundo. ¿Me entendés, mi amor? ¿Quién mejor que yo? ¿Quién más adecuado para escucharte, para ofrecerte el hombro, para oír e interpretar tus angustias, tus sentimientos de culpa, tus, cómo decirte, verdaderos deseos? Soy tu compañero. Soy el hombre al que decidiste unir tu destino. No quiero decir con esto que si con los años las cosas entre vos y yo no funcionan estamos obligados a permanecer juntos, forzándonos como si el matrimonio fuera un deporte y permanecer juntos fuera una competencia en las olimpíadas. No. Pero estamos a enorme distancia de esa eventualidad. Yo te quiero, jamás en los años de cárcel he dejado de pensar en vos ni por un instante, tu foto pasó por todo tipo de batalla y siempre logré salvarla de las garras del enemigo, y no me interrogues demasiado sobre cómo me las arreglé para, incluso, mantenerla conmigo cuando después de alguna medida de fuerza terminaba con el cuerpo destrozado en algún calabozo de castigo. Formas de quererte, de recordarte. De fingir para mí mismo encuentros con vos. Formas de sobrevivir. Pero no, no llores, Juliana. No hay razón para el llanto. Aquí estamos, ahora. Y podés contar conmigo. Entiendo, y estoy dispuesto a entender mucho más, cada detalle de lo que puedan haber sido tus necesidades más íntimas. ¿Cómo no comprender, mi querida? ¿O yo no sentía las mismas urgencias? La única diferencia, totalmente circunstancial, por otra parte, estuvo en el hecho caprichoso de que los milicos te dieron la libertad a vos antes que a mí. Y bueno, qué vamos a hacerle. Al menos un tiempo después salió Sara y pudieron acompañarse una a otra. Podría haber sucedido al revés, ¿no? Podría haber salido yo antes que vos, y quién sabe cómo se habrían desarrollado los acontecimientos. No, no llores. No puedo ver llorar a una mujer, y menos a vos. Además se va a despertar el pibe.

Decime si lo que te digo no es cierto. ¿Qué sabemos si yo hubiera tenido la presencia de ánimo de esperarte practicando el celibato? Las relaciones sexuales son tan necesarias como cualquier otra función natural de nuestros cuerpos, Juliana. Y no estamos descubriendo América. Tengo que humildemente reconocer que no estoy aproximándome a ningún concepto sofisticado. Hay que coger. Y punto. Ya nos tuvimos que abstener demasiado. No debieras sentirte mal. ¿O no somos seres humanos? ¿Con qué autoridad o sobre qué bases de mi experiencia voy a pretender que de pronto vos te conviertas en la virgen María? Porque, mi amor, reconozcamos que siempre te gustó. Y, además, ¿a quién carajo no le gusta el meta y ponga? Vamos, vamos, no te pongas mal. Tomate esto con un poco de humor. Ya tenemos suficiente con la realidad, así que no la agrandemos.

Suficiente con lo que tenemos por delante. Con lo que tenemos que superar, construir, rearmar, rehabilitar. Sumado, de hecho, a la carga que arrastramos de nuestro pasado reciente. Y del no tan reciente. Quiero decir, nuestras niñeces. Que no fueron de lo peor, pero tampoco ningún despliegue de gozos indiscriminados. Además, te digo, hay muchas formas de ver esto: ¿cómo un tipo como yo -incluso una mujer como vos- va a detenerse en esta, o en ninguna otra, clase de pequeñeces? Si te ponés a pensar un poquito en quiénes somos te vas a dar cuenta de lo que te quiero decir. Nosotros no somos seres comunes. Nosotros pertenecemos a un grupo humano excepcional. Nosotros, Juliana, despertamos a la vida con ojos sensibles a los aconteceres de este mundo. Supimos desde el inicio de nuestros días que el mundo nos necesitaba, tenía expectativas serias puestas en nosotros. Nosotros entendimos que teníamos una tarea, y que asumirla como propia, aceptar el desafío, era correr un riesgo muy grande. Gente como uno, que ve la vida desde esa perspectiva, que no vacila en darle prioridad al conjunto, a la sociedad en la que vive, dejando de lado cualquier deseo inferior y egoísta, gente que decide que ella misma no es importante salvo en función de la lucha por el bienestar de los demás, gente que es capaz de decidirse hasta tal punto por la grandeza, grandeza de espíritu, por este espíritu de entrega, ¿va a caer en la tontería, en la pequeñez, en la estrechez mental, de reducirse a un vulgar, miserable celoso? ¿Cómo no voy a entender que ese ser, el ser humano, la raza humana, tiene debilidades? Ésta es la cosa: el que está dispuesto a entregar su vida por el mejoramiento de su gente, de su comunidad, no siente nada más que amor por ella. Yo soy uno de ésos. Yo acabo de pasar por la experiencia de la cárcel porque siento amor por la humanidad. Vos sos parte de esa humanidad. ¿Cómo no voy a entenderte? Todo esto agregado al hecho de que hemos estado enamorados por años, y de que en este momento de nuestras vidas vos estás dándole la teta a un nuevo ser que yo engendré en tu cuerpo, y que también pertenece a la misma humanidad. ¿Te das cuenta de lo que quiero decirte? Ante tamaña realidad, Juliana, no esperes que yo me detenga en consideraciones mezquinas y propias de mentes insensibles y sórdidas. No. Quedate tranquila. Yo soy noble. En mí podés confiar. Podés apoyarte y distenderte sobre mi hombro. Podés abandonarte y, poco a poco, dejar de lado la rigidez de tu cuerpo y de tu ánimo. Confiar. Ya no estamos en la cárcel, ya pasó el momento de la tortura, estamos en otro país, en otro continente, del otro lado del mundo. Estamos a salvo. Protegidos. Este ámbito nos defiende y nos da la posibilidad de desarrollarnos en lo que somos. Eso de invertir todas nuestras energías en la construcción de monstruosos, brutales mecanismos de defensa, ya no es necesario. Ahora construyamos, reconstruyamos, la relación que siempre quisimos y para la que el enemigo no nos dio el espacio ni el tiempo indispensables. Vení. Abrazame. Contame. Decime cómo viviste tanto dolor. Cómo la solidaridad de las compañeras en la cárcel te ayudó a sobrevivir. Abrazame, Juliana. Tranquila, mi amor. Tranquila. Contame otra vez cómo la amistad de Sara te dio el apoyo para enfrentar la soledad después de la cárcel, la fuerza para trabajar, las energías para visitarme cuando yo todavía estaba preso, la resistencia contra la necesidad de estar conmigo y no poder, la inteligencia para entender que la atracción que pudieras sentir por otro hombre nada tenía que ver con falta de amor a mí. Juliana, hablemos, mi querida. Yo comprendo todo. Contame. Ahora, más que nunca, somos parte de la vida. Ya no estamos separados. A esa batalla la tenemos ganada. Ahora nadie va a destruir lo que armemos con este amor, con el deseo que alimentamos de fortalecerlo, con la experiencia que nos ha otorgado esta vida que hemos decidido vivir. Vamos, mi amor. Acostate aquí, al lado mío, y contame. Vamos. No llores.

174 Ajá. Sí. Exactamente. Por eso es siempre buena idea mantener muy abiertos esos ojos que nos titilan en la nuca. Abiertos. Y limpios, limpios. Y, cada tanto, maquillarlos un poquito. Sombra en los párpados, algo de rimel. Nunca, pero nunca, abandonarlos, restarles importancia. Ni se nos ocurra dar por sentado que su capacidad visual es menor que la de los que nos brillan debajo de la frente.

175 Y si de pronto pasa algo como que pica, no sé, molesta, pica el codo, quizá el clima, un poco seco, a veces, ¿no?, rascarlo con cuidado. Sin lastimar. Con más razón si al rascar se siente una especie de pequeño bulto que no habíamos notado antes. O dos.

176 Que no habíamos notado antes. Que no habíamos notado antes. Qué ansiedad, qué oscurecimientos pueden agigantarse dentro de uno, cuánta compulsión de clausurar dentro de la mente toda luz, todo vestigio de luz, cuando empezamos a tomar la medida de la lista de todo lo que no habíamos notado antes.

177 De todo lo que posiblemente no estemos notando ahora. No notemos en el futuro. Y los verbos, ¿no? Tan complicada la conjugación cuando nos estamos iniciando en un idioma. Con los diferentes matices en las miradas, en los gestos, en los deseos, en las maneras de verificar los significados. De corroborar los amores. Los amoríos. Sus despliegues de coraje, de heroísmos, de cotidianas cobardías. La lista de diminutas mentiras necesarias.

Intrincado, pareciera, el idioma de las lejanías.

178 Se pregunta uno si no será mejor volver. Volver al propio río. A cuya arenosa orilla las humedades del sol han estado penetrando y oscureciendo los poros de casi todo el cuerpo, por años. A aquella misma esquina. La del café, a media cuadra de la facultad, donde una exhibió la habilidad de descubrir ese fenómeno de la naturaleza que suele llamarse el primer amor. Al propio cielo. El que cumple con imponer los límites, los designios y los formatos con y para los que se vive. A la heladería de la zona más céntrica de la ciudad, en la que el helado de dulce de leche granizado es indiscutible e inevitable. A la mano del primer novio. A las confidencias de la primera amiga. A la primera náusea provocada por la visión del primer gato muerto, extendido y estirado, untado, por una sucesión de automóviles, sobre el pavimento de la calle gris.

Se pregunta uno si no será mejor volver. A aquel vestido rojo de tela de algodón con flores chicas y medianas en distintos azules, entallado, sin mangas, que desafiaba todos los esfuerzos por aparecer discreta y modesta frente a los amigos. Volver a las propias lluvias, las que caen descontroladas, sin paz, incapaces de disfrutar de la acción que las ocupa. Las propias lluvias. Pesadas. Sólidas. Sin transparencias. Que suelen, sin embargo, al irse, dejar detrás algunos brillos.

Al primer cigarrillo. El fumado a medias, o menos, a los nueve años, sustraído sin inocencia del atado de un padre altamente fumador, ese primer cigarrillo que nos dejó los bronquios ensangrentados por un mes, y los gritos de madre y padre vibrando por entre los conductos neurológicos del tierno, pegajoso cerebro.

A la primera mentira seria. Volver a la primera mentira y reunirnos con ella. Sentarnos frente a toda su magnitud, cara a cara, interrogarla y tratar de entender algo sobre sus orígenes y sus ilusiones.

Si no será mejor volver, se pregunta uno.

179 Volver. Volver. A dónde.

180 A la propia primavera. A las astucias del invierno que, con todo el desatino de su humedad y la náusea continuada de su frío irreversible, todavía, y habría que ver cómo, se las arregla para ser, de vez en cuando, algo así como extrañado. Al exceso de lucidez de las palomas de la plaza, que jamás dudan de cuándo salir a dar sus cortos vuelos y de cuándo aterrizar a comer las viejas migas.

181

Y no hay bromas en esto. Cuando la pregunta ha sido formulada, se impone una respuesta.

182

No, si no lloro. No. O sí, sí lloro, pero de emoción. Saber que puedo confiar y descargar este peso que decide sobre cada movimiento de mi vida. Porque, ¿sabés?, yo no decido nada. Todo en mi existencia actual está en manos de esta enormidad que arrastro. No, no el bebé, Vicente, querido. Qué estás diciendo. No. El bebé es el más grande de mis alivios. Me refiero a lo que tanto querés saber. Yo sé lo difícil que va a ser para vos escuchar lo que voy a decirte. Pero tenés razón, hay que hablarlo todo, más que nada porque lo único que importa es que estamos vivos, que estamos del otro lado del mundo, y que constituimos una familia. Una familia que hay que salvar.

Mirá, lo único que te pido es que me creas. Yo te voy a contar los detalles que tanto te angustian, pero es importante que entiendas que no son tantos ni tan interesantes. La cosa básica es obvia: era tan difícil encontrar trabajo. Ya sabés esto muy bien. Ibas, llenabas una solicitud, te entrevistaban una vez, todo parecía magnífico, y tenías que volver en una semana para enterarte de si te habían dado el trabajo o no. Y estabas convencido de que sí porque todo había ido diez de diez. Y llegabas allí, y resulta que las caras habían cambiado. No tenés idea. Las mismas personas, claro, pero de pronto eran de hielo. De hielo. Después de haber pasado por lo mismo cinco, seis veces, no había dudas de lo que estaba sucediendo: te lo decían, cada vez, como si todos hubieran aprendido una misma lección de memoria: Flaca, sos de lo mejor para este trabajo. Perfecta. Divina. Nadie como vos. Con toda la experiencia que tenés, encima en la situación ideal, linda, sin hijos, todavía joven, todo tenés a tu favor. Pero el único problema que tenés es fatal: antecedentes penales. Estuviste presa por subversiva. No te puedo dar el puesto. Te aviso desde ya que te va a costar mucho encontrar trabajo. ¿La verdad?, sería un milagro. Nadie quiere terroristas en ningún lado. Y, te digo, aunque yo decidiera hacer un esfuerzo y de todos modos te diera este empleo, en menos de una hora los milicos o la policía me citan y me hacen echarte. O me amenazan con cerrarme el negocio. O me matan en la calle. O aquí mismo. Yo te doy un consejo: tomate un avión y andate a otro lado. Lo mejor que podés hacer es irte de este país. Nadie quiere subversivos aquí. Ustedes son una brasa encendida. Mejor empezá de nuevo en otro lado. En serio, te lo digo.

Así, Vic. Tantas veces. Vos estabas todavía preso, y estabas en la misma situación en la que yo había estado hasta hacía poco tiempo. Estar preso era un infierno. Pero estar fuera de la cárcel navegando los ríos pantanosos de esa sociedad desintegrada, no era estar libre. Era otra forma del mismo infierno. Era desesperante que no te dieran trabajo en ningún lado y no poder, no querer, depender de la familia. Para no ponerla en peligro, para no quitarle de la boca el pedazo de pan que le había costado tanto ganarse. Vos saltaste de la cárcel al avión con tu opción para dejar el país, y no viste nada. No tenés idea de lo que fueron para mí esos dos años de "libertad". Para mí y para todos los "liberados". Era un círculo de horrores. Un círculo vicioso que solamente la imaginación podía interrumpir por momentos. Y vos sabés que yo muy imaginativa no soy.

Y este muchacho, primo de una amiga nueva que tenía mi hermana, cuando mi hermana habló con él qué sé yo lo que le pasó, se conmovió, no sé, Vic. No sé. La cosa es que él era el gerente de la sucursal de Monteleone que está en el centro, el negocio de electrodomésticos. Y necesitaba una secretaria. Me entrevistó y me tomó. Digamos que protagonizó la factura del milagro del que hablaban los hijos de puta que no estaban dispuestos a producir ningún acto milagroso. Y día a día me fue haciendo preguntas sobre todo lo que había pasado: la cárcel, la tortura, y sobre cuestiones políticas, que para él eran chino básico. Me demostraba interés y sensibilidad por lo que yo pudiera contarle. Interés y afecto. Yo los necesitaba. Los necesitaba mucho. No te imaginás cuánto. Un día, en la oficina, me contó algo sobre un muchacho que había sobrevivido la tortura en el Servicio de Informaciones. Hablamos de eso y me quedé con la impresión de que yo había visto a ese compañero, de que lo habían estado torturando al mismo tiempo que a mí, en la habitación de al lado. Él lo describió y fue como si yo lo conociera perfectamente. Y aflojé. No sé lo que me pasó, pero reviví todo muy de cerca. Se me cayeron las lágrimas. Eso al principio. Después me enrollé en un llanto más fuerte y de pronto me di cuenta de que no podía parar. Me daba una vergüenza horrible, pero al mismo tiempo había perdido el control de mis emociones y no encontraba la forma de parecer más madura de lo que en realidad estaba siendo. Él me abrazó, posiblemente como cualquiera que entendiera mínimamente la cosa habría hecho. Y así empezó.

Y él era un chico muy lindo. Buen mozo. Vic, no sabés el alivio extraordinario que siento de poder contártelo. Gracias por la generosidad. En serio. Era, es, un tipo físicamente muy bello. Con grandes ojos negros, profundos. Alto, con una sonrisa blanca y fácil. Demasiado consciente de su belleza, sin embargo. Vos sabés, a veces eso ayuda en la vida: ser lindo, saberse lindo. Pero a él lo hace caprichoso. En fin. Terminamos en la cama porque, arrogante y todo, me entendió. Captó lo básico de mi sensibilidad, y estaba dispuesto a hacerme sentir bien. O al menos a intentarlo. Hablábamos mucho. Hablábamos mucho de vos. Horas y horas, pasábamos, él preguntándome sobre la cárcel y las cuestiones políticas sobre las que nunca se había interesado antes. Y yo preguntándole a él sobre cómo se veían las cosas desde afuera, desde su perspectiva, por supuesto. Una perspectiva que al inicio no parecía clara, pero que de a poco lo fue siendo. De idiota no tenía nada. Hablábamos de mi futuro con vos. De los hijos que vos y yo íbamos a tener. De este bebé que tenemos ahora, que yo presentía sin equivocarme. Ya ves. Y nunca se mostró molesto o celoso. Sabíamos perfectamente que vos eras mi compañero, mi amor, mi todo. Eso jamás estuvo en discusión. Él me hacía preguntas sobre vos, sobre tu militancia (nunca nada que él, con su total falta de experiencia, intuyera que no debía preguntar o saber), sobre tu carácter, con el tono de quien habla de un ser superior. Nunca sintió culpas de estar ocupando un lugar que no le correspondía, de estar quitándote algo, de estar usurpando tus espacios, porque siempre supo que nada de todo eso le pertenecía. Había mucho respeto, mucha generosidad, mucha apertura mental en su actitud. De otra manera yo no habría podido ni acercarme a él.

No me mires así. ¿Por qué me mirás así? Yo sé que entendés. ¿O no? ¿O no es nuestro este hijo? No es con él que lo tuve, ¿no? Eso te dice algo, supongo.

Vicente, lo último que yo quería era que las cosas pasaran de esta manera. Soñaba con que saliéramos en libertad los dos el mismo día, en el mismo minuto. Años alimentando ese deseo y esas imágenes. Dándoles a las formas, a los movimientos, velocidades, colores diferentes cada vez. Creando distintas intensidades, agudezas, para esa primera mirada tuya después de años. Midiendo temperaturas para las manos con que me ibas a tocar, a acariciar. Igual que vos. Lo mismo que vos hiciste cada día y cada noche en cada instante rarísimo en que lograbas un poco de paz y de soledad. Lo mismo que todos hicimos. Y, bueno, no sucedió. Pasó de otra manera. No es que no hubiéramos considerado esa otra posibilidad, pero es que fantaseábamos tanto con lo ideal, con lo que después no fue. Pero las formas que la vida les da a las cosas pueden corregirse. O adulterarse. Depende de cómo se las vea. Nosotros estamos corrigiendo. Borrando y rehaciendo. Tenemos que tener cuidado. No podemos darnos el lujo de agujerear el papel cuando le demos fuerte a la goma de borrar. Y a lo que no se pueda borrar, Vic, habrá que disolverlo: conversando, peleando, llorando. Toda una tarea, mi amor. Pero ni vos ni yo nunca le tuvimos miedo al trabajo.

Y él, él está atrás. Muy atrás. Es un amigo. Un buen amigo. Que decidió correr un gran riesgo dándome un empleo a mí cuando había una cola de cientos de pibas más jóvenes que yo, más despiertas, y sin imán subversivo que pudiera atraer a los milicos a su negocio ni a su vida. Esto en los peores momentos de la historia del país. Él, con esas pupilas inmensas, que en realidad no eran las pupilas sino unos iris acarbonados, carbonizados, que nadaban en la superficie de un mar blanco, en un contraste drástico y casi sonoro, rotundo, con esas pestañas oscurísimas y tupidas, con esas cejas gruesas que le daban un marco estratégico a toda la cara, a la gran sonrisa que tentaba a abrir la boca y a decir hasta lo último que uno pudiera estar guardándose en los intestinos, él, con su altura y sus largos dedos, quedó en el status de amigo. De la clase de amigo que cubre la categoría de inolvidable.

Así son las cosas. Y vos sos mi compañero. Mi marido. Y el padre de mi hijo. Y sos la persona al lado de la cual voy a atravesar de punta a punta este recorrido de extrañamientos, alteraciones, absurdos, fantasías, desánimos, solidaridades, ridiculeces, despistes, aprendizajes, soledades, alucinaciones, menosprecios, algunas alegrías, sorpresas, angustias y desgarraduras que alguna vez a alguien, quién sabe cuándo, se le dio por bautizar exilio. Al lado tuyo. Y de nadie más. Lo que tanto miedo te da, Vic, quedó atrás. Pertenece a un tiempo que se ha alejado de mí vertiginosamente. Estoy a años luz de aquello. Casi te diría que hasta mi cara es otra. Me miro al espejo, ciertos días, y encuentro ahí a una Juliana con la que me es imposible conversar, mantener un diálogo. El pelo no me brilla. La piel de mi cara está como áspera, porosa. Y olvidate de aquellas lucecitas que me saltaban de los ojos cuando ni siquiera parecía coherente o explicable. Chau. Eso voló. Se habrán instalado en la mirada de alguna otra. U otro. No sé. Te digo: siento que soy un ser muy diferente. Claramente lo siento. Una persona totalmente ajena a la de un año atrás, que reaprendía la libertad con el entusiasmo del que nunca antes la hubiera experimentado.

Y para probarte lo que estoy diciendo voy a hacer algo que me provoca un dolor sin precedentes: voy a escribirle a Sara. Como siempre lo hago. Ella va a recibir la carta de manos del cartero mexicano que le golpea la puerta bastante seguido gracias a mí, entre otros, en su casa de la avenida Revolución en el Distrito Federal, y la va a abrir con la misma ansiedad de cada vez. Y cuando empiece a leerla no va a entender mucho. Y por la mitad va a entender menos, y sobre el final no va a poder creer lo que yo, su amiga del alma, su amiga Juliana, su hermana en todas las circunstancias de la vida, le va a estar diciendo en esas presumiblemente diez páginas o más. Y lo que le voy a estar diciendo es que necesito cortar con el pasado. Que aquellas épocas en Rosario en que las dos vivíamos la desorientación y la falta de nuestros compañeros, quedó atrás. Que quiero que vos sientas que no arrastro angustias, ni deseos, ni dudas. Que vos y este hijo que tenemos abarcan mi vida completa, y que para que yo pueda concentrarme totalmente en vos y en él, ella tiene que dejar de escribirme. Le voy a anunciar que la que está leyendo es mi última carta. Le voy a aclarar todo. Le voy a decir que sé que le estoy haciendo daño. Le voy a decir que estoy absolutamente arrepentida de lo que hice y que por cobardía o vergüenza no quiero volver a hablar del tema. Voy a decirle que te quiero. A mi manera, que no tiene por qué ser la misma manera de otra gente, cada uno en este mundo tendrá, supongo, su particular forma de estar enamorado, o de amar, o de querer, pero te quiero, y estoy decidida a rescatar nuestra pareja. Que siempre me has querido y que me lo demostrás a cada momento, le voy a decir. También le voy a decir, posiblemente en medio de un ataque de llanto como el que tengo ahora, que me pesa tanto interrumpir nuestra comunicación justo cuando lo que más quiero es saber cada detalle de su embarazo, del crecimiento de su panza, como ella fue sabiendo sobre la mía. Me duele en las entrañas. Le voy a decir que cuando vos y yo hayamos clarificado todo y estemos otra vez en situación de compartir emociones con otra gente, voy a volver a escribirle.

¿Y ahora qué pasa? ¿Qué te pasa? ¿Por qué me mirás así? Me mirás como si estuvieras buscándome en el cuerpo el ángulo más vulnerable para clavarme un cuchillo. Vic, esperá. ¿A dónde vas? ¿Qué vas a hacer? Yo entiendo lo que sentís, entiendo todo lo que debe estar molestándote. Pero habíamos hablado de comprender y de ser pacientes, ¿no? ¿Por qué te llevás esos libros? ¿A dónde vas? Son las 2 de la mañana. No hagas tanto ruido que se va a despertar el nene y todavía no le toca comer. Por favor. No te vayas. ¿Qué vas a hacer? Por favor, no salgas. Quedate en casa. Vic, por favor. Cerrá despacio. No golpees la puerta.

183 Tantas historias simultáneas que pueden ser contadas, edificadas como el centro lleno de altísimas casas de departamentos de una ciudad grande y compleja, desmedida y caótica. Como van siendo urdidos día a día los bosques más enmarañados, escabrosos. Tantas historias que crecen y se ahogan unas a otras. Tantas, que es posible agregar una más: la de la desolación.

184 La de la desolación de la dulce Juliana en Aubervilliers, cierto barrio o pueblo en las afueras de París, con un hijo saludable y simpático siempre ocupado en consumirle las energías a través de las dos, ahora voluminosas, tetas. Dejada de lado por su marido, más emocionalmente que en términos de asistencia económica, castigada con vigor y empeño por cada uno de sus propios, diversos, fantasmas, más los de Vicente, más los del bebé, porque de los fantasmas no se salva nadie, y no nos olvidemos de alimentarlos, de acercarles exquisitas comidas exóticas (que incluyan cucarachas bañadas en chocolate, ya que es conveniente tener en cuenta que las cucarachas son la proteína del futuro, con tanta humanidad en multiplicación, con tanto espantajo adicional), de dejarles algunos juguetes en un área accesible como para que se entretengan, como para que se mantengan más o menos silenciosos, pero siempre ahí. Siempre listos para cuando se requiera de ellos alguna forma de acción.

Y por favor, por favor, que no se me diluyan, que no se me escapen. Que no me destruyan con su ausencia. Que no me vacíen. Que no me dejen sin lo que soy. Necesito mis sombras para que me protejan. Necesito mis fantasmas para que me hagan pagar las culpas. Y el llanto para ir eliminando las toxinas fabricadas por el dolor.

185

Se va y se vuelve. Tantas veces se regresa y se siente que hemos sido capaces de protagonizar un episodio de sobrevivencia. Tantos intentos se hacen de llegar a sentir que nunca nos habíamos muerto. Que no habíamos muerto nunca antes de esta vez. Que en lugar de sucesivas muertes definitivas nos espera una final, completa e ilusoria. Por detrás de cada ida, aun sin prestar demasiada atención podemos distinguir un regreso asomándose, haciéndose notar, decidido a no ofrecerles desafío a las leyes del movimiento pendular. Hemos estado muriendo tanto. Con tanta energía. Hemos ido resucitando, rebotando sobre los muros contra los que hemos sido fusilados a cada minuto, con tanta energía. Y hemos criado ojos en cada orificio de bala de itaka, de cañón, con tanta energía. Ojos que no necesitan la asistencia de lentes para desplegar esta enorme potencia visual.

Nos vamos, volvemos, y repetimos las idas y los regresos, las agonías, los comas y las carcajadas ahogadas de los que no dejan de decidir por el vértigo de la hamaca, la hamaca del parque cuya fuertísima cadena de hierro tiene un eslabón malogrado, abierto, siempre a punto de dejar caer el asiento.

Son tantos los exilios. Nos hemos exiliado cada día y cada noche, y hemos ido acumulando tantas retiradas obligatorias y tantas voluntarias como regresos. Y cada regreso es un exilio más, uno más para transportar hacia el próximo regreso, hacia el próximo exilio.

A la mesa de la cocina del departamento en el que vivo en Los Ángeles como con lentitud una ensalada fresca y colorida y sabiamente sazonada en Buenos Aires. La como en Buenos aires y la disfruto en Los Ángeles, la lechuga comprada en la verdulería de enfrente de la casa en la que fui arrestada en Rosario, la que compartía con mi compañero, aquel de los ojos terribles. El vinagre y el tomate, y quizá el pepino, elegidos rápidamente en el supermercado próximo al departamento en el que David desplegaba sus obsesiones, en las argentinizadas Torres de Mixcoac de la ciudad de México. Las aceitunas negras descarozadas en algún valle verde californiano, más bien hacia el área de Santa Bárbara, el aceite virgen de oliva producido en Rosario, y mastico mi ensalada en Rosario y la trago en Los Ángeles y la digiero en Cuernavaca y mi organismo la asimila en el DF y la preparo en Buenos Aires y vuelvo a disfrutarla en las proximidades de mí misma. En los alrededores, no exactamente en el punto central, de mi sensibilidad.

186 Y a más ojos, más fantasmas, ¿no?

187 Sentada, sentada en el ancho sofá algodonado y forrado de terciopelo negro azabache y desafiante, leía.

Con más rigor: hacía el valiente esfuerzo de intentar la lectura de algunas ideas de Chomsky. No estaba incómoda. Incluso tenía las piernas bastante estiradas y distendidas. Pero algo estaba allí que impedía la perfección del momento. No fácilmente definible. Los anteojos no me molestaban, porque no usaba ni los necesitaba. Al pelo no lo tenía enganchado en nada: tenía la cabeza hundida sin obstáculos en la mullida oscuridad del sillón. Todo parecía en perfecto orden. Pero algo en la boca del estómago. O no. Quizá más abajo. En el vientre. ¿O en la vagina? ¿En el útero? No. No. Más abajo. Atrás. En la nalga. En la nalga izquierda. Algo me habrá picado. Me rasco. Joder. Cualquiera diría que lo que me estoy tocando es un huevo duro que por alguna razón empuja hacia afuera. Cualquier combinación puede esperarse de la creatividad de la naturaleza.

188   Y no asombrarse. Hasta eso es posible en el exilio del cuerpo. De la mente. En el exilio de los huesos.

189   Y es sólo cuestión de rascarse. Porque no hay alternativas: pica y punto. El único detalle a tener en cuenta es que sería aconsejable no lastimar. Con la experiencia que una va acumulando no es mala idea pensar en la posibilidad de un seductor y almendrado ojo (en el lugar del mencionado huevo duro) en el proceso de ir tomando forma y color en la insólita y sin embargo tan transitada zona de la nalga. Como para ir enriqueciendo la propia perspectiva. La propia visión del mundo. La vapuleada, alterada cosmogonía.

190 Y así fue, con tanta simpleza y sin mayores complicaciones de tipo práctico, cómo me di por enterada de que había perdido (si consideramos que nunca se sabe qué es lo que va a suceder al minuto siguiente) a mi amiga Juliana. Así nomás: la carta llegó a la puerta de la casa en la que vivía, la abrí, la leí, e instantáneamente la ciudad de México se me instaló en la boca con el enfático gusto de la carne de pescado en descomposición. Con bastante rapidez iba agrandándose mi panza, y con enorme lentitud iban disminuyendo los tonos fríos que me ocupaban la lengua, los dientes, gracias a la sorprendente decisión de mi mejor amiga.

191 Y nada más por diecisiete años. Quiero decir: de ella, nada más. Hasta esa tarde de 1999 en que los servicios postales de los Estados Unidos se hicieron eco de las repentinas ansias de Juliana de pedir disculpas.

192 Una primera impresión es ni más ni menos que, de todos los puñetazos en el hígado, el que dejó el hueco más profundo, más ensangrentado, más habitado por serpientes y misterios.

193 Una primera impresión puede ser, entre otras preciosuras, una serpiente.
Y también un misterio.

194 Una serpiente puede también ser un misterio. Y un misterio, una serpiente. Una serpiente puede ser tan sólo y nada menos que una primera impresión y lo mismo puede ser un misterio. Si un misterio es una primera impresión, el misterio, así como una vulgar mentira, puede tener patas cortas. Y si una primera impresión encierra un misterio, ese misterio puede ser tan indescifrable como antipático, tan deprimente como eterno.

195 Y retomando la línea de los acontecimientos, de los acontecimientos sobre patines a veces, en moto otras veces y cada tanto a pie, era ya el momento de recordar el propio cuerpo. El propio deseo. Los deseos en cadena. De atender a los llamados de este cerebro que me tocó en suerte, de aceptar su necesidad de separar lóbulos y circunvoluciones, de desdoblar todas sus partes, de desplegarse hacia lo desconocido y estallar repartiendo vibraciones y latidos, salpicando sus propias esquirlas, hijas y nietas de las esquirlas primigenias, las que nunca volverían, volverán a los brazos que las acunaron. Era el momento de olfatear los alrededores del aire y seguir el ritmo de las pulsaciones internas. Ese toc-toc telegráfico, no necesariamente infalible. Por eso había que subirse a un avión. Y volar.

Y allí esperaba, en el aeropuerto internacional de la ciudad de México, el hombre del cual yo sabía prácticamente nada, pero al que me llevaban diferentes ramificaciones del árbol de la historia: la potencial denegación del pedido de asilo político en los Estados Unidos, la necesidad de romper con lo vivido recientemente, la todavía imposibilidad de regresar a mi propio país, las identificaciones profesionales/literarias, una fuerte atracción física, la inevitable succión que ejerce lo desconocido, las fuertes ganas de compartir la vida cotidiana del exilio con la gran cantidad de refugiados políticos argentinos que aterrizaban, revoloteaban, se aventuraban, entraban, salían, se escondían, se destacaban, se hacían odiar, se dejaban amar, trabajaban, se mareaban, se levantaban y caían entre las Torres de Mixcoac y la Colonia Condesa, la Zona Rosa y la necesidad de entender y de sobrevivir.

196 Y lo de las diferencias de sonido entre la caída de los orines ajenos y la de los propios, ¿no tendrá olor a gueto, además de olor a amoníaco? Olor a enajenación, a fermentos, a amoníaco. Gueto. Como si no hubiéramos tenido suficiente. Por favor. Por favor. Y no es que sea sencillo. Pero abrámonos al mundo. Abramos esas horas privadas del día y de la madrugada a lo que sea que no hayan admitido antes nuestras fronteras. Las fronteras que hemos fabricado, que nos han fabricado y que no habíamos pensado en escindir. ¿Será posible? ¿Será posible en un rapto de inspiración agrandar los orificios de los poros y permitir la entrada de aires nuevos, aromas diferentes, ondas sonoras de decibeles variados, contactos renovados que estimulen nuestros movimientos, danzas inéditas, bailadas con uno mismo y con los demás? ¿Suena factible o aparece como una flaca expresión de deseo, un delirio, como un desvarío debido al cansancio, al agotamiento imbatible, sin final?

¿Qué es lo nuevo que uno anhela? ¿Por qué el cultivo de las diferencias?

197 Esperaba y me observaba desde detrás de algunas paredes de vidrio mientras los empleados del aeropuerto destartalaban el de todos modos no muy ortodoxo orden de mis valijas. Me preguntaba yo qué estaría él pensando al detectar en mi cara el intento de aparecer calma y esos detalles que dan a los exiliados un rictus determinado, un tono, una coloración especial a la piel, una reconocible tensión a los músculos que recorren la cara en una y otra dirección pero sobre todo entre los ojos y las comisuras de los labios y los convierten en una sola forma, tan exiliada.

Qué estaría pensando él. Pero bueno. Y finalmente nos abrazamos (me parece que nos abrazamos) cuando yo logré atravesar la barrera del vidrio. Y caminamos hacia la calle, donde esperaba el auto de mi nuevo compañero.

198 Y ya en la calle, es decir, en la vereda de la calle del aeropuerto, me detuve, antes de cruzar, porque algo, no sé, en el grosor del aire, la textura de los ruidos, un cierto sombreado en grises y beiges que lo cubría todo me atrapó, me tiró del pelo, me hizo una advertencia. Él cargaba mis dos cachetudas valijas, y yo un bolso. Puse el bolso en el suelo y mi cabeza giró lo máximo que le fue posible hacia los dos costados. Hacia atrás no era necesario: atrás estaba nada más y nada menos que el aeropuerto. Hacia los dos costados, sí. Lentamente. Deteniéndose, mi cabeza, mi visión, en cada cartel de propaganda. De shampú. De cerveza. De cigarrillos. De supermercados. De bancos. Una coherencia extraña empezaba a inquietarme. La coherencia tenía un color. Ese color establecía una uniformidad que transformaba la inquietud en alarma. El

color era el amarillo. En cada cartel de propaganda de algo se implantaba con actitud de reina, sonreía con invasivos y parejos dientes blancos una mujer joven y muy rubia, preferentemente de ojos celestes como el cielo de California en un día sin smog. Miré a mi nuevo compañero con, digamos, profundo desconcierto. Levanté el bolso del piso, yo todavía como clavada a la vereda, y en ese intento mi vista se cruzó con dos señoras muy indígenas que caminaban con tres niños tan indígenas como ellas. Mi cuello dolía, de pronto. Mi cuello estaba tenso y me sorprendió haciendo una especie de novedoso, singular chillido. Siempre los detalles novedosos y singulares aparecen cuando es particularmente difícil tratar de explicárselos. En fin. Sabía que tenía que seguir caminando. Mi nuevo compañero, escritor y diecisiete años mayor que yo, exiliado político en el país que había refugiado a tantos sudamericanos, continuaba el camino hacia el auto con mis dos valijas. Volví a arrancar con dificultad. Dificultad mental, por describir el panorama de alguna manera. Y con la boca abierta. Era diciembre, no hacía frío, no entraba aire frío a mi boca. Así que decidí dejarla abierta todo el tiempo que se me antojara. Decidí no ceder en esto frente a las presiones de nadie ni de nada. Decidí que la iba a cerrar en la medida en que se me diera la gana cuando se me diera la gana. Mi nuevo compañero ya había notado un desbalance en mi expresión, en lo que se suponía que debía ser mi enorme alegría del encuentro, y formuló la pregunta: Qué te pasa. Pero no se detuvo ahí. Siguió: No seas prejuiciosa, no juzgues sin saber. No seas *tan* argentina. Dales una oportunidad a las cosas. Vamos. Vamos a casa. Hay que manejar un rato largo hasta Cuernavaca.

Y fuimos. Pero yo ya sentía circular por los tendones y las fibras de los músculos esa cosquilla que también se respira, esa que invade cuando va cambiando la luz, cuando va distorsionándose la fisonomía de la ciudad en los anticipos de la noche, cuando lo que viene es impredecible, cuando aparece frente a uno, a los costados, en algún área a nuestras espaldas, la certeza de que en lo que nos rodea no hay certezas. La seguridad de que lo que se mueve a nuestro alrededor y que, de hecho, nos contiene, es una ausencia. Un hueco. Una mentira.

199 A veces llueve, señores. Y a cántaros. Y a veces no.

200 De a poco ir definiendo. Qué nos convoca. Sin ansiedades. Tratando de que las respuestas vayan surgiendo con naturalidad, con paz interior, con ternura, casi. Es que hay que sentir la caricia. Hay que recordar que existe y hay que prepararse a recibirla. Disfrutarla. Dejarla actuar. Como al enjuague para el pelo. Hay que no forzar las respuestas. Aparecen. Las respuestas van haciéndose espacio. Se abren camino. Se asoman, un día, y son esa caricia, nos dan la satisfacción, el alivio de la angustia. Qué nos convoca. Qué nos convocó. Qué de cada uno de nosotros. ¿Tan necesario es confirmar la propia existencia? ¿Tan dificultoso resulta existir en la duda? Qué alaridos nos llamaron. Qué ecos de esos gritos nos resuenan cada madrugada, en medio de la fluorescente contradicción que el sol hace notoria entre la desesperación por aparecer y la lentitud con que va dando libertad a las puntas más alejadas de sus llamas. ¿Qué rugido interior nos despertó y nos encontró dispuestos a asumir el sobresalto histórico y bailar en él, sacudirnos en él, besarnos unos a otros en él? ¿Qué pregunta, rugido, no tiene todavía respuesta? De a poco. Ir definiendo. Ir estableciendo las similitudes entre la naturaleza de lo que emite el llamado y la materia, la carne en que se clava. Y después, en la soledad de una tarde de domingo de invierno, cuando han sido ya superados el almuerzo cordial y el inmediato procedimiento del lavado de platos, con ruidos de loza, vidrio, agua precipitándose sobre el cúmulo, cuando las formas del cuerpo deciden adaptarse a la mullida blandura de los almohadones del living (no importa cuál: de cualquiera, de alguno), sin temor volver sobre la pregunta. Formulársela otra vez. Tranquilamente. Qué nos contiene en el mismo círculo. Qué nos otorga el espacio en el que convivimos. Qué nos trasmite la energía para recuperar ese espacio si algo nos lo arrebata, nos lo incendia, intenta convencernos de que nunca había sido nuestro. Pensemos. Qué nos da la respuesta. Qué nos proporciona la paz. Y qué nos mantendrá asistiendo a la misma asamblea diaria, reservándonos asientos unos a otros, cuidando de que cada uno tenga la oportunidad de expresar su adhesión al círculo que nos contiene, su aprobación a lo que nunca hemos dejado de ser, a lo que ha representado la razón de las vidas de todos.

Qué nos mantiene enhebrados como en un collar, mirándonos a través de los océanos, de un continente a otro, de una isla casi desierta a otra cubierta de la más inesperada vegetación, qué nos pone y nos deja la marca de fábrica, qué nos hace reír a las carcajadas al unísono, qué nos hace lavar la ropa con el mismo jabón. Qué nos hace ejercitar los dedos de las manos en ese lenguaje de códigos intransferibles. Qué nos convoca. Qué nos ha convocado.

201 A veces llueve. Aun sobre los códigos más enigmáticos y las más multitudinarias convocatorias. Y es verdad que algunos nacen con un paraguas debajo del brazo, y también es verdad que cuando llueve a cántaros se ponen tan nerviosos que no pueden abrirlo. Y qué hacen con el paraguas en ese caso, no sé. Depende de la profesión. Un cocinero llegará a su casa empapado, se dará una ducha caliente y se irá a la cocina a remover el guiso de lentejas, posiblemente con el paraguas. Un médico lo podrá usar como estetoscopio en una emergencia, si alguien se resbala en la calle en medio de la lluvia torrencial y se quiebra una pierna, o se quiebra la garganta, o se quiebra el páncreas. Y un escritor al que se le arruinó la lapicera con el agua lo va a usar para escribir la novela que va por la mitad y que no puede sacarse de la cabeza al menos que termine de escribirla y la corrija cien veces hasta que quede, por decir algo, perfecta. Eso si el agua no le destrozó también el cuaderno semiescrito. El frágil cuaderno, al que hay que proteger. Al que hay que abrazar, apretar contra el pecho, llenar de besos. Al que hay que hacerle tantas promesas.

202 Y ni hablar de si, bajo las mismas condiciones meteorológicas, uno es un escritor que nació con un paraguas que a veces puede abrir y a veces no, y si se está, de pronto, inmerso en la vida cotidiana de un país que se percibe como un fenómeno inexistente. Y si, para completar el cuadro, el país inexistente es ni más ni menos que una de las opciones que tan generosamente ofrece lo que llamamos exilio. Es decir: que no se desprecia. Que no se regala. Que no se tira a la basura. Que no se vende. Que, literalmente, se agradece. Y se vuelve a agradecer.

203 Entonces, ¿qué es la fantasía del escritor exiliado en un lugar del mundo en el que los deseos íntimos y muchas veces manifiestos de sus habitantes son representados por esa mujer rubia, güera, que los mira segura de sí misma, desde la publicidad de productos destinados a embellecer sus facciones indígenas? ¿Qué es ese escritor frente al desdoblamiento casi infinito de realidades e irrealidades ocultas entre las hojas de los árboles, entre una palabra y la palabra siguiente de una conversación que nunca se define? ¿Qué hace el escritor? ¿Escribe? ¿Observa, atónito, el despliegue de sinuosidades, de avances y de ocultamientos de signos, ademanes, promesas, sonrisas y amenazas? ¿A qué decide el escritor entregar su tiempo y su energía literaria, apabullados ambos por la danza despareja y simultánea de los títeres de la realidad, por el nutrido artificio de lo cotidiano?

204 Se piensa. Se recuerdan tonos. Viejos tonos, no asimilados años atrás pero escuchados sucesivamente, e intuidos como improbables, discordantes. Inadecuados. Aquella voz ampulosa y materna, dirigida a los oídos meditativos, paternos. Comprémosle un saco de piel, de nutria, de visón. De la mejor calidad. Algo que le dure para toda la vida. ¿De qué te reís? Vos no creés que se lo vaya a poner, ¿no? Vos pensás que lo que ella dice sobre que la piel le da asco, es cierto. Bueno, a mí no me importa. Por lo menos es algo que le va a durar para siempre. Y se terminó. Esos sonidos de la perdurabilidad que rechinaban, mugían entre un punto y otro de mi cerebro. Para toda la vida. Y los muebles: estilo provenzal. Tienen que hacer juego. Todos de estilo provenzal. De la mejor madera. Que no se deteriore. Material noble, fiel. Para siempre. No vamos a comprar una porquería chapucera.

Se recuerdan aquellos tonos de lo apócrifo, de lo irreal y, además del leve movimiento de los músculos faciales hacia arriba, o hacia abajo, depende de la sensación experimentada, reflejada, comienza el inventario: cuántos sacos desde aquél de pieles, jamás usado. Y las preguntas. Dónde habrá ido a parar. Quién lo tendrá puesto. Y los libros. Quién los habrá quemado. O leído. O abandonado en un basural. Cuántas mudanzas. Se hacen listas, largas listas elaboradas con biromes verdes, rojas, azules, con lápices de minas muy afiladas. Separando una vivienda en cada página. O dos casas por página, para que no ocupe tanto papel, la dichosa lista, y cada casa separada de otra por un creativo diseño lleno de rulos y líneas curvas y vistosas. Se incluyen, por supuesto, las diferentes cárceles. Y cada espacio en el que se ha vivido en cada país del exilio. Cuántos sacos se han comprado. No muchos, en realidad. Muchos más son los que se han recibido usados como herencia de otros exiliados, los adelantados, los Álvar Núñez, los que aparecieron antes en las tierras extranjeras despojados completamente del para toda la vida, de aquel antiguo, extemporáneo concepto de perpetuidad.

Se piensa, desde el sillón de turno, desde el inodoro de turno del país que nos acoge, que la fragilidad de la existencia, así como la fragilidad de los muebles estilo provenzal, merece la dedicación de la mente del escritor a encontrar las palabras que la estudien. La describan. La mediten. Las palabras aptas, oportunas, que le otorguen a la condición de frágil su sentido de permanente. De infinita.

205 Yo sé, supe, del dolor que puede estrellar la palabra escrita contra una pared y hacerla añicos, esquirlas de sangre y de alaridos. También del dolor de su propia resurrección, supe.

206 Porque a veces la palabra sobrevive.
Había una vez, por esos años de demencia y espanto, un escritor que no fue asesinado. No fue asesinado porque el día anterior al que estaba establecido para dispararle un tiro, o muchos, en la calle, o en su propia casa, logró caber en un avión, atravesar los más anchos océanos, e instalarse en otro país. En otro país de este mismo mundo.

Es decir, no fue tan sencillo. Varios países lo angustiaron primero, hasta que decidió que en uno, determinado, quizá, por las cercanías lingüísticas, de comunicación, de herencias, los niveles de desasosiego se reducirían. Y era verdad. El escritor tenía proverbial claridad sobre la importancia de la palabra que puede ser mejor expresada: la que pertenece al propio idioma. Y aceptó la realidad de que ese lugar del planeta le permitiría involucrar sus impulsos vitales solamente en la literatura, además de lo que de eso se llevan las instancias cotidianas. No necesitaría comprometer el humor en el aprendizaje y las apocalipsis de otra lengua. Tenía razón. Lo comprobó. Allí podía hablar, podía escribir, llorar, disfrutar de cierto contento sexual, seducir, mentir, expresar las más indispensables verdades, todo en su propio idioma. Podía, también, recibir noticias de su país a través de los diarios. Y así fue. Se acomodó y empezó a (por utilizar alguna palabra, porque de alguna manera hay que tratar de expresar el fenómeno) aclimatarse. Entre otros elementos destinados a fundar algún contacto con la realidad, adquirió un perro. Un cachorrito. Y el cachorrito daba vueltas alrededor de los pies del escritor mientras éste hincaba los codos en la resistencia de su escritorio de roble. Y un día llegaron, efectivamente, noticias de su país. La noticia fue que acababa de desaparecer su hijo. Que en su país los criminales en el poder habían arrestado y hecho desaparecer a su hijo. El hijo no era un niño. Era un hombre joven, inteligente, sensible, preocupado por la vida. El escritor entró en la desesperación. Y porque todavía no se había iniciado en la fase del llanto, gritó. Gritó y destrozó cosas, supongo, insultó y pataleó en diferentes direcciones. Y ahí estaba el cachorrito a sus pies, que recibió una de las muchas patadas. Una de las fuertes. De las definitivas. Tanto que, en cierto momento, y casi sin siquiera un gemido, dejó de moverse.

Años después el escritor, ya en otro lugar del mundo y todavía exiliado, lloró, reconstruyó el episodio como uno de los más horrendos de su vida.

El exilio, querido escritor, querido, es aquella silla sobre la que tus glúteos se apretaban, fuertes, inquietos, para darle motor y celeridad a la sucesión de letras que iban siendo seleccionadas, a las palabras que iban siendo dichas. Exilio es la costilla, el fémur del cachorro, titilando, fosforescentes, en la oscuridad nunca absoluta de nuestras desesperaciones. Exilio es el calcio de esos huesos integrándose involuntariamente a los beneficios de la tierra, de esa tierra que no es la que nos vio nacer, que no es la que recibió con o sin indiferencia las vibraciones de nuestros primeros pasos, ni la que absorbió nuestros primeros orines de emergencia. Quizá, eso sí, nuestros segundos, nuestros terceros. En algunos casos nuestros últimos. Exilio es, compañero, esa hilera de papelitos de colores que armamos jugando con las manos, pensativos. O ese orden por tamaños que les damos sobre el escritorio a los lápices que usamos cada día para esbozar nuestros aterrizajes literarios. O esa otra hilera, la de los cadáveres que acumulamos en nuestros interiores: el cadáver del tomate que tragamos con la última milanesa a la napolitana. El de la margarita que, de todos modos, bastante tiempo duró en el florero de vidrio transparente. El del último libro leído, quieto, ahora, tan quieto en los estantes. El del último libro escrito, recientemente terminado, porque ése es el vértigo y el dolor de la palabra produciéndose, ése es su recorrido: ni bien ha visto la luz, descansa, muerta, como las mariposas o como las fotos en el álbum al que se las había destinado. Esperando, quién sabe, alguna forma de resurrección. El cadáver del hijo, el de la idea pronunciada, el de la madera que se utilizó para construir la cama de tus sueños. El de la madera que constituyó el respaldo de la cama sobre la que dormiste y escribiste, en la que acariciaste unos tobillos, una oreja, y que fue minuciosamente consumida en un incendio de algún año.

Exilio es el renacimiento de la palabra que fue un día concebida, ¿te acordás?, mirada con afecto, acariciada, besada con los dientes, chupada, destrozada a besos, violada sucesivamente, asesinada y depositada, al fin, sobre la tradicional blancura antes libre de culpas y de penas, antes ingenua, virgen, antes sin signos de demencia, sin vestigios de sombras ni de amores. Exilio es, también, y más que nada, la reaparición de la palabra dibujada con todos esos líquidos del cuerpo.

Exilio es la vida entera. Cada palabra que nos ha habitado, que nos consume, que nos dispersa en el mundo y que nos acumula en el enorme recipiente de los grandes deseos y que nos vierte, de a poco, en los vasos de diferentes cristales, diseños desde los que iremos siendo consumidos.

207 Por eso estas (y tantas otras) palabras.

208 ¿Cómo es que llegamos aquí? ¿Quién nos trajo? ¿Cuál entre los tantos grupos de fantasmas que nos habitan las arterias nos fue moldeando los movimientos, qué sombras y qué decisiones de la luz se combinaron para dirigir, para elaborar el tono de la pregunta que hemos estado formulando? Que nos ha estado convenciendo de que hay que darle respuesta. Que nos ha estado preocupando con tanta intensidad. Que nos ha estado destruyendo la paciencia. Que nos da cada día una incontable variedad de posibles respuestas, hasta el punto de que ya hemos olvidado la pregunta.

209 Y cuánta pena da el olvido, cuánta nostalgia. Sobre todo si es posible notar su erosionante presencia. Cuánto hueso come la desmemoria. Cuánto hueco deja.

210 Por eso, para evitar la tristeza y sus instalaciones, vamos a recordar. Instante a instante. Profundamente. Hacia el fondo. Hacia los costados de la historia. Con desplazamientos. Con texturas. Con idas y venidas y pasos de baile y patinajes sobre el hielo y vuelos estrafalarios y llenos de colores. Con imaginación. Con la creatividad que requiere la verosimilitud. Con la ineludible inventiva que nos conduce a la verdad. La verdad. Pobrecita, ella, también, siempre a la espera, siempre en la cola para ser descubierta. Revelada. Puesta a brillar frente al prodigio de su propia luz.

211 Pero volviendo a México, al aeropuerto y a las güeras irresistibles que ya brillaban frente al prodigio de su propia luz, que mostraban al país entero el camino de la luz, volviendo al trayecto entre las puertas de vidrio del aeropuerto y el auto que nos esperaba, sí, eso fue lo que dijo mi nuevo compañero. Dijo: Vamos a casa.

212 Esa casa era la casa del exilio. Del exilio dentro del exilio.

213 Y fuimos. Claro que fuimos.

214 Pero no voy a entrar en detalles. Esos detalles quedarán a la espera de ser considerados el día en que decida escribir algo así como mis memorias. Porque de la cursilería de dejar armadas para el perenne recuerdo de las generaciones venideras las anécdotas propias, personales, íntimas, de cualquier rubro, de una forma u otra, como si significaran una indispensable fuente de conocimientos para las carradas de ignorantes sin vida propia que conforman el conjunto de habitantes del planeta, no se salva nadie que practique, mal o bien, el oficio de la palabra. Al menos que se lo impida alguna manera de muerte prematura.

215 Solo algunos hechos, acontecimientos, que marcan. Ese año en México decidí tener un hijo que resultó, ya de regreso en California, una hija. Conocí, también, y avanzando sobre el tercer mes de embarazo, a un hombre. Y trabajé en la redacción de una revista literaria: *La brújula en el bolsillo*. Cuando la revista cumplió un año de vida el jefe de redacción decidió celebrarlo produciendo un número especial que incluyera párrafos con opiniones que les merecía esta publicación a los escritores más destacados que estuvieran viviendo en México, fueran mexicanos o no. Y así fue como, a cargo de hablar con todos ellos para solicitarles las palabras mágicas, tuve mi gratificante (e histórico) diálogo telefónico con Octavio Paz. Nadie más que él levantó el tubo después del segundo timbrazo. Le dije mi nombre, que no le sonaba a nada, por supuesto, y mencioné de inmediato la revista, que sí le sonaba a algo. Y reconociendo abiertamente mi acento argentino, pronunció: "Mire, ¿por qué no se deja de chingar? ¿Por qué no se va de mi país, usted, junto con los demás exiliados políticos, que sólo vinieron a chingarnos la vida con todas sus ideas comunistas, con toda esa arrogancia, y a quitarles a los mexicanos sus puestos de trabajo? Esa pinche revista es comunista. No quiero tener nada que ver con esto ni voy a escribir ningún párrafo. Váyanse todos los argentinos, vuelvan a su país a hacerse cargo de la chingadera que dejaron. ¡Váyanse de aquí, váyanse, déjennos

en paz!" Yo, sin dudar, y sin mejores palabras en medio de la emoción, y sin aire en los pulmones, le contesté brevemente. Le dije: "Y en lugar de que yo me vaya de regreso a mi país, ¿por qué, señor Paz, no se va usted a la reputísima madre que lo recontra mil parió?" Y corté.

216 Marcas. Tatuajes que se cuelan hasta la médula de los huesos. Blanca médula sobre la que se van imprimiendo azules arabescos inapelables.

217 La vida se transforma a cada paso. Se van moldeando, los días, de acuerdo a los distintos énfasis, acentos, inscriptos sobre nuestras sensibilidades, a cada instante.

La vida es antes del exilio y a partir del exilio. Cuánto más habríamos tenido en afectos y alegrías si irnos a otro país no hubiera sido la única opción. Cuántos más besos genuinos. Abrazos amistosos. Solidarios. Ternuras intensificadas en cada gesto. O quizá nada de todo eso, sino solo unas pocas miradas profundas, instantáneas, de entendimiento.

Y, también, cuántas veces más habríamos muerto. Con cuánta más vehemencia habríamos sido objetos del desangre, factor indispensable de la gigantesca anemia. Y quién quiere, quién necesita morir más veces de las que ya hemos muerto en la muerte de cada compañero asesinado.

218 Y la sensación de victoria, de ejercicio de poder sobre mi propio cuerpo con la confirmación de que sí, de que mi panza iba a alterar ciertos rumbos, aquellos viejos rumbos inciertos, de allí en adelante.

El gran triunfo sobre una misma. Sobre el organismo que una es. Sobre los trozos vitales que nos constituyen y que, desde un cierto estado de salud, o de enfermedad, o de belleza, nos representan. Representan los particulares caprichos de nuestras neuronas, ocasionalmente en armonía.

219 Y entonces las buganvillas. Es decir: retrocediendo a aquella llegada al aeropuerto internacional de la ciudad de México: desde ese momento, un año hasta la decisión de regresar a Los Ángeles.

Y las buganvillas. Cuernavaca. Los tres primeros meses de ese año hubo tantas buganvillas. Fucsias, anaranjadas, rojas, y cada tanto blancas. Cubriendo los frentes de las construcciones coloniales. Bajando, enérgicas, desde los techos chatos de las casas cúbicas y calcáreas. Azoradas, en los planos laterales a los caminos, extendidas en la observación de los movimientos de los autos y de los caminantes, boquiabiertas, atónitas. Como yo. Como yo, en mi desafiante tarea de entender, de darles sentido a los desplazamientos, meneos, impulsos, variaciones, ondulaciones y temblores de la existencia de mi nuevo compañero, en relación a mí, en relación a sí mismo, a su hija, a sus padres. Al perro de la madre y al loro del padre, parte entrañable, ambos, del grupo familiar. Indefinible. Todo indefinible. Y digo esto temiendo estar en un error, temiendo que todo, en realidad, fuera tan, pero taaaan definible, que quizá resulte una ventaja hacer el esfuerzo de aceptar que la vida lo enfrenta a uno, cada tanto, con enigmas. Y que intentar dilucidar esos enigmas no necesariamente debe derivar en la satisfacción de las múltiples curiosidades. No. También puede ocasionar ataques hepáticos. Paros cardíacos. Dolores crónicos innecesarios. Como les ha sucedido a los profanadores de tumbas, a los que se atrevieron a revelar grandes secretos, a desentrañar los grandes misterios que escondía la humanidad.

Y todo entre buganvillas. Entre santarritas, como se llaman en Argentina. Aquellas santarritas de mi niñez ante cuyo recuerdo fucsia y quieto se me atraganta la sopa. Las dos sopas: la de letras con tomates que me forzaban a tragar a los cuatro años, y la de verduras a la que yo misma me obligo ahora, en razón de mantener la silueta.

Así que el perro y el loro: tan exiliados como yo o, pensándolo, quizá menos, aunque seguramente más enredados que yo en las complejidades de la familia. Por eso de que el exilio no es una sola cosa. No es un fenómeno simple, directo. Ni podría ser representado en términos lineales por un par de paralelas. Ni visualmente por una figura geométrica elemental como un rombo, ni por cualquier cuerpo poliédrico. No. El exilio es una barahúnda. Un remolino de elementos no todos reconocibles. Que llenan la mente, la remueven, la convierten en un batido de sesos sanguinolentos. Imaginémonos, ya que estamos en el tema, el estilo marmolado multicolor, si los afectados están convencidos de que les corre por las venas el marrón terracota de los privilegiados terratenientes, o las doradas fosforescencias de las élites del intelecto, o la sangre azul de las oligarquías literarias nacionales. Todo un drama.

220 Por eso una separación puede resultar providencial. Clarifica el panorama. Disipa los eclipses, las tinieblas. Reinstaura las líneas y los tonos del paisaje. ¿Y cambiar de ciudad? ¿Y mudarse de Cuernavaca al Distrito Federal? De lo mejor. De eso se trata. A convivir con músicos que tocan los mismos instrumentos que una. Por un tiempo indeterminado, aunque siempre nuevo y musical.

Y el embarazo. Y en medio del embarazo aquella carta de Juliana. Y la asiduidad de David. Y la escritura. Y la revista. Y los demás exiliados argentinos: sus relaciones, controversias, preocupaciones por sobrevivir, por la legalidad, sus reuniones y fiestas nocturnas, sus actividades intelectuales, amistosas, sus discusiones políticas, su acción en conjunto, sus certezas, su acumulación de dudas y preguntas. Sus excusas, innecesarias, para mantener vivos los afectos y las ligazones humanas. Para tejer y consolidar una comunidad que dio, más de una vez, respuestas necesarias.

221 Y ese brillo, ese latido brillante que acontece en ciertos puntos de la circulación sanguínea, de pronto, cuando descubrimos que la palabra que encontramos y que nos resulta tan adecuada en la página que estamos escribiendo, es ni más ni menos que aquella por la que, en su búsqueda, estábamos dispuestos a excavar, a bucear, a introducirnos en las vísceras de un volcán.

222 Y siempre, siempre acompañada (perseguida) por la resonancia, por las vibraciones internas, por la firmeza de la más simple de las preguntas: ¿por qué?, que me mantenía vital y en expectación, interesada y en constante actitud investigativa, no fuera a ser que me quedara sin la huidiza, volátil respuesta. Como si no la supiera yo, como si no la supiéramos todos, de memoria, y desde los orígenes de nosotros mismos.

223 Y sobre todo a esta altura de las cosas cuando, de picazón en urticaria, voy notando la aparición, lenta pero inequívoca, de un ojo próximo a abrirse completamente a la altura de la clavícula derecha.

Y ya hay cada vez menos posibilidades de percibir a medias. Cada vez menos excusas.

De manera que, resignada a tener que ver, a hacerse cargo de al menos la visión, la imagen que flamea frente a una misma, no hay mucho más que evitar ni mucho más que hacer que tirar levemente la cabeza hacia atrás, apoyar la nuca en el borde de un sillón, y prestar atención al espectáculo simultáneo de un mundo en movimiento. Y en silencio. En silencio porque los sonidos son múltiples y ensordecedores, por momentos. Los estallidos, los golpes, las risas, los disparos, los llantos. Los gemidos, los ronquidos, los murmullos, los gritos de alegría. Los maullidos, los rumores del agua, los truenos en el cielo, la música en los bares, los mugidos del campo, los estertores de la muerte, la expresividad de los orgasmos. El rechinar de dientes encontrados, el croar de las ranas contra el agua. Y con los ojos cerrados. Porque la multiplicidad de colores enceguece. Los ritmos. Las mil velocidades. Las agujas clavándose en las venas, los párpados cerrándose, los trenes desplazándose en el verde. La intervención de la luz sobre los ángulos y el tiempo. Los brillos distintos de las pieles distintas, sus combinaciones y contrastes. La agitación solidaria de millones de manos. La convulsa actividad de manos contra manos. El centelleo obcecado de las lluvias nocturnas. Los fulgores del sol al mediodía. La irradiación rastreable pero oculta de la mirada azul del elefante acabado de nacer. El rojo profundo de la sangre extendiéndose en los interiores del hígado de una mujer en la tortura. El pie de un hombre cortado en la tortura y puesto en exhibición sobre aquel árbol. Los campos de tulipanes. El esplendor del diamante en la vitrina. El violeta moroso de la tarde. La quietud consternada del Modigliani harto de museo. Todo, es posible ver. Y oír. Y sin la mediación intelectual de los esfuerzos humanos por entender lo que acontece. Todo es posible ver y oír.

224 Que nos espere, la Historia. Que ya vamos. Que ya vamos retomando el ritmo. Que si no somos nosotros, serán nuestros hijos los que la alcancen. Los que le pisen la cola del largo vestido negro. Los que logren prenderla por el cuello. Los que la obliguen a darse a entender, a que explicite sus razones.

La desenfrenada. La demente. La que juega a la inocencia. La que jamás está. La imprescindible. La caradura, la vendida. La insoportablemente abierta. La mezquina arrogante, deshabitada, vacía, abarrotada de gritos de fantasmas, displicente, engreída, sucia, traicionera. La mentirosa. La insondable. La marchita. La congestionada, la de la gripe eterna. La malhechora. La de los dedos suaves y certeros. La desprovista de lengua y de garganta. La muda. La que solo alaridos, emite. La maltrecha.

225 Es que esta también a veces ilustre Señora se traslada a velocidades superiores, y va dejando en el aire los trazos que dibujan sus riendas sueltas, en pleno movimiento, plenas de fosforescencias.

Y llegados a este punto, en que la picazón alcanza los ángulos más inverosímiles del cuerpo, en que ya no resulta molesta sino ansiada, porque representa la visión tridimensional, profunda, alucinada, de todo lo que nos es dado ver, ya hemos perdido el miedo. Y el espectáculo de las riendas sueltas y luminiscentes y multicolores sobre el fondo negro absoluto de la noche nos absorbe. Nos hipnotiza, nos arrastra. Y nos recluta, sin alternativas. Si no somos nosotros mismos los que estamos viendo correr detrás del brillo y los colores mezclados en la magnífica escena que presenciamos, son los hijos que amamos y que han entendido nuestros gritos. Y nuestra palidez. Y nuestra serenidad interior. Y nuestra sombra. Y nuestro feroz deseo de alegrías. De contento.

226 Y éste era el planteo: exiliada en un país fuertemente intuido pero desconocido, con la libertad de marcha y de cálculo que otorga el no tener pareja; rodeada de un grupo nutrido de amigos y compañeros; sin dinero, porque el pago en la revista era irrisorio; con claridad mental sobre la novela que estaba en camino, no existía nada mejor como proyecto que tener un hijo. Tomada la decisión, puesta la voluntad a trabajar, sólo quedaba desear fuertemente la obediencia del cuerpo. Y al cuarto día de retraso de la menstruación no había nada más seguro para mí en esta vida sorprendente que dos acontecimientos que avanzaban paralelos y que habían tenido su gestación alrededor del mismo día: la novela que se debatía en mi cerebro como un animal hambriento encerrado en una bolsa de arpillera, estaba empezando a ser escrita. Y el hijo pensado y conversado con alguna gran amiga y conmigo misma, ya alcanzaba las dimensiones de, digamos, una lenteja.

227 Así es como suelen corporizarse las oportunidades durante el tiempo de la existencia. Oportunidades de tomar venganza. De encontrar represalias viables, con decoroso grado de ejecutabilidad. Podrían ser éstas algunas de las variantes de la compensación, si no universal, al menos dentro de las fronteras del territorio de origen. Pero no. Para ciertas dimensiones de la locura, el resarcimiento habrá de tener ciertas dimensiones. Ni el esbozo, ni la finalización, ni aun la publicación de un libro que clarifique los hechos, bastaría. Ni el hijo que se tenga y que pudiera ocupar el lugar vital abandonado por alguno de los tantos compañeros asesinados sería suficiente. Habrá que escribir tantos libros. Habrá que largar al mundo tantos hijos. Habrá que llenar tantos huecos. Habrá que tener tanta paciencia. Habrá que ensamblar cada uno de los elementos, cada pieza, cada componente reivindicatorio, con tanta alegría. Con tanto humor. Con tanta certeza de que la batalla nos necesita para ser ganada. Y sin embargo.

228 Y mientras se van componiendo palabras, disponiéndolas en párrafos, rearmándolas en lo que suele denominarse capítulos, y mientras se van imaginando, calculando, las insólitas formas que va adquiriendo el feto en

una u otra etapa del embarazo (renacuajo, extraterrestre, libélula, flor caníbal, proyecto de piraña, hipocampo subdesarrollado, arabesco inflado con proteínas, cucharada de arroz con leche, cucharada de moco, hormiguero en plena actividad, bombita de luz fluorescente, pedacito de casi nada, pedacito de casi todo, piedrita brillosa en medio del camino, del basural, raviol de ricota en salsa de tomates, etc.), van llegando las noticias. Una a una. De Madrid, de Nueva York, de Suecia.

229 La de Madrid: Silvana Montes, ex-presa política argentina, Cuca para las que estuvimos más cerca, ahora exiliada en Madrid con marido y dos hijos, uno de tres años y otro de uno y medio, acaba de salir del hospital en el que estuvo internada. La abrieron y la volvieron a cerrar sin tocarla. El cáncer de útero hizo una metástasis fulminante.

230 La de Nueva York: Ignacio Suárez, Chivi para los muchachos que estuvieron en la cárcel de Sierra Chica cerca de él, murió de un ataque cardíaco mientras viajaba en el subway hacia su trabajo. Iba leyendo el New York Times. No compañera. No hijos.

231 La de Suecia: Leticia Flores Cardó, por largos años veterana de la cárcel de Villa Devoto, exiliada con una hija de once años, compañero desaparecido, murió un mes atrás de un cáncer de cerebro que le había sido extirpado dos veces.

232 No necesito nada más. Entre estas tres angustias y los inicios del embarazo, los fragmentos de mis vómitos llegan hasta la vereda de enfrente.

233 Una se sube al camión -colectivo en la jerga porteña- con ese cuerpo de palo borracho recientemente adquirido, un camión que atraviesa gran parte de la ciudad circulando velozmente por la avenida Revolución hasta dar a unas pocas cuadras de la redacción de la revista. Una pone un pie en el primer escalón, el otro pie en el segundo, paga, recibe el vuelto, todo con la estrategia del uso del perfil, posición en que la panza avanza con menos obstáculos, y gira la cabeza de un lado a otro para ver si brilla como oro algún asiento desocupado. Pero no. Ninguno. Y los pasajeros que hasta ese momento no habían estado mirando por la ventana, oh coincidencia, de pronto encuentran algo especialmente interesante en la calle. ¿Qué?, imposible enterarse. Y los que sí habían estado mirando por la ventanilla, después de echar una rápida ojeada a la nueva pasajera, sobre todo a la panza de la nueva pasajera, vuelven la cara hacia el espacio exterior. Otros han encontrado algo en la suela de su zapato y bajan los ojos. Lo notable es que nadie ofrece su asiento. Y como el viaje es largo y los brazos, o al menos un brazo, va sosteniendo todo el peso colgado fuertemente del tubo de metal que recorre el camión en toda su longitud, allá en lo alto, y la posición es demasiado incómoda, y como no hay manera de modificarla (porque, al menos que una esté a punto de desmayarse, el orgullo lo supera todo: no es cuestión de andar mendigando un miserable y mugroso asientito en un destartalado autobús, que encima ni siquiera me deja en la puerta de donde voy), la imaginación empieza a funcionar como un mecanismo de defensa de considerable eficacia.

Así que veamos: pongámosle un nombre al señor panzón y con grandes bigotes canosos que está sentado detrás de la viejita con trenzas. O no, no le pongamos nada. Hay casos en que el nombre no es necesario. ¿Qué tal si tratando de decir que el señor de bigotes se hace el desentendido para no darme el asiento digo que Ovidio no me da el asiento? No va, ¿no? Hay que ver la manera de mantenerse en el surrealismo. De no irse mucho más allá. Porque el surrealismo del surrealismo, o el surrealismo del surrealismo del surrealismo, tiende a la irritación, a la crispación del momento. Y ¿para qué? ¿Para qué desvirtuar la posibilidad del absurdo, que suele resultar en risas, con una viciosa vuelta de tuerca que va a terminar mellando la rosca?

Digamos, entonces, que el panzón de bigotes se percató del avance de mi propia panza hacia el interior del camión y, ni bien percibió los bordes de la desproporción y de las redondeces, se le configuraron en la base de los ojos los impactos de la amenaza. Se le sombrearon los párpados inferiores y la línea de separación (o de juntura) entre un labio y el otro estiró la leve curva central hasta mostrarla rígido trazo tenso, renglón sin márgenes en el que se lee más o menos claramente Chinga tu madre, ni te ilusiones con que te regale este asientito, güerita, qué anduviste haciendo que quedaste así, te dejaste agarrar, chingadita, cuando la hiciste, la hiciste a gusto, ¿no?, bueno, pos'hora aguántate ir parada en el camión, que es para los que se mueren trabajando y no para las que se dejan chingar. Vamos, güerita, eso, agárrate fuerte del respaldo de ese asiento cuate, que no te deja sola. Para el chingadito no es más que un juego, unos pinches saltitos. Y a ti se te van a fortalecer los brazos, que demasiado flacuchitos se ven. Cómo te agarraste al chingón, al machote que te dejó así, digo, con esos bracitos de escuincle que tienes. O será que el cuate te agarró a ti. Dale, güera, duro, que nadie te va a regalar el asiento. Un trabajador como yo no debe arriesgarse a viajar parado, sobre todo después de la peda de anoche, porque anoche sí que me puse pedo, y ahora con esta chingada cruda no le regalo el asientito ni a mi madre, vieja cabrona, mi santa madre, que será muy santa y todo pero me gustaría saber, o no me gustaría saber, cómo fue que el viejo cabrón se la chingó para que apareciera yo en este mundo, puta, la vieja, habrá gozado o no habrá gozado, seguro que no, las santas no gozan, claro que no, mi santa madre, que ahora se cree la virgen María para darse el derecho de echarme de mi propia chingona casa, que la fui levantando ladrillo a ladrillo, y que es mía y de nadie más, vieja de la chingada, perdóname diosito por el pecado de decir la mera verdad, que me echa a los escobazos porque esta mañana le partí la madre a mi chingada vieja que me dio un hijo, con la botella vacía de la cerveza, le di, pinche vieja que no me da más hijos, no se queda encinta la vieja, y quién sabe por qué, si todavía está joven, y le levanté la botella y le dije que me iba a quedar más con la otra, que será más macizota y lo que quieran, pero tiene diez años menos y salta más fuerte, se me monta y salta, la chingada, que no para, se sacude como si le diera un atacote para camisa de fuerza. Ésa me va a dar más hijos, ya vas a ver, le dije, y le sacudí la botella en la cabezota y enseguida se le vio la sangrota, toda rojota y salpicona, y ahí viene la vieja santa con la escoba y me echa, de mi propia casa me echa, la santa. Así que, güera de la chingada, ni esperes que te regale mi asientito, que vengo cansado, recansadote, vengo, y todavía no me bajo, no me bajo, todavía, güera, si no sé a dónde voy, no es así de fácil saber a dónde va yendo uno, hacia dónde lo llevan estos camiones, los camiones de esta ciudad, la mujer de uno, las mujeres de uno, hacia dónde lo manda la madre que lo largó a uno al mundo, a este chingado mundo cabrón, donde, ya viste, güera cabrona, no hay dónde sentarse, donde nada sobra, donde nunca hay nada de lo que uno quiere, nada, güerita, ni un pinche asientito.

234 Por eso una se baja del camión y va sintiendo que le pica el ombligo. Y, a través del vestido, una logra, aunque parcialmente, rascárselo. Y ya en el edificio de la revista una, ansiosa, enfila primero que nada hacia el baño por varias razones: una es la necesidad de observarse, genuinamente, sin el obstáculo del vestido, el bubón objeto de las ya varias picazones y rascadas. Otra es la alegría de poder sacar ventaja de una oportunidad única: la que otorga el embarazo en términos de la frecuencia y la prioridad para ocupar el baño. De manera que ya, cómodamente sentada -por fin sentada, después de una épica caminata de tres cuadras desde la desangrante odisea del camión hasta el lírico sonido de la orina contra el agua- en el inodoro, con el vestido en lo alto, con la panza abultada de seis meses, con varias venas azules cruzando la piel hacia un lado y hacia el otro en búsqueda desesperada de una cintura inexistente, que ya ni siquiera es un símbolo, ni una metáfora, ni una forma de metonimia porque nada se aproxima, en esta rigidez, a la posibilidad de algún desplazamiento, digamos que algo se insinúa. En el área que pica y pica. En el área que rasco y rasco, en lugar de ir a sentarme frente a mi escritorio y tratar de averiguar qué trabajo me ha quedado pendiente desde ayer. En el área que rasco y rasco y en la que descubro, con imprudente, tenaz, sustancial alegría, el nuevo ojo abriéndose, abriéndose, de verdad, lo digo de verdad: abriéndose.

235 La luminosidad vacila pero sin angustias, no se sostiene de nada, no cuelga, y su dominio es la magnitud de su propia esencia. Se desconcentra, se expande, se obliga a desaparecer, y va restituyéndose a cada paso en que se deja atrás a sí misma. Entra y sale de su propio mundo, del mundo de todos, de todo, y despliega sus vanidades con gracia de heroína burguesa. Persiste, exhibe logros, es aplaudida, panea su mirada extensamente con indisimulado tono de estar midiendo los resultados que le otorgan fuerza, éxito y poder. Libre, no oculta su satisfacción ni su descollante blancura. No hay vergüenzas, culpas, no hay temores ni demasiados deseos. Es medidamente desmedida, y lo sabe y lo celebra. No hay forma de abarcarla. Prescinde de su público, de todos modos. Juega sola y el público está allí y ella lo mensura. Pero si desapareciera, ella seguiría instalada en sus propias vastedades.

¿Qué sería de tanto equilibrio si tanta luminosidad fuera confinada a espacios remotos, austeros, si fuera enviada a enfrentarse con lo más fundamental de las sombras, con ciertos amaneceres, también a veces blancamente descollantes, del exilio? ¿Qué si se la obligara al desconcierto de los fuertes contrastes, incluso a las perplejidades de múltiples e inesperadas similitudes?

236 Certidumbre, urdimbre, costumbre, curtiembre del pasado. Curtiembre del pasado que no existe más que como presente. Sale el borbotón de agua de las canillas de todos los días aproximando el futuro al día de hoy, al río de hoy, trayendo lo que entrará a nuestros cuerpos y pasará por ellos proveyéndonos de futuro, de presente y de cuanto pasado ande por allí dando vueltas, brincando a nuestros pies. Picándonos los tobillos y dejándonos ronchas contra las que no hay pulguicida que funcione. Pieles curtidas, viejas pieles nuevas peinables día a día.

237 El borde de las hojas, de esas hojas, tan dado a la tarea de confundirme con su casi imperceptible vibración, a través del vidrio sombreado de la ventana que se impone y que obliga a tomar distancia. El borde de esas hojas lanceoladas y su tenuedad. Su ingravidez. Y la somnolencia que va entornando (siempre para recuperar energías, por supuesto) los párpados. Los de la cara, los de las rodillas, todos, absolutamente todos los párpados.

238 Bajo el sol, indelicadamente arrojada de cuerpo y mente, lo más desprovista de ropas que me es posible cada vez, tomo mis más trascendentes decisiones. Habría que ver con exactitud qué me entra en las venas, qué borbotón de temperatura activa qué glándulas y qué secreciones para que las certezas más íntimas, más instaladas en rincones identificables con la producción de vida, se definan en actos. Se configuren en letras. En palabras.

Habría que ver.

Los planetas dan tantas veces la vuelta entera, imprimen tantos círculos y caracoles y espirales y resortes dentro de sus límites. Tantos giros. Tantos recorridos suavizados por una circularidad que marea imperceptiblemente, que acuna, que adormece. Y todo a nuestras espaldas. Todo, pero todo, sin haber sido consultados. Sin haber sido tenidos en cuenta. Y uno, en medio de la dormidera consuetudinaria, retorciéndose dentro de la cueva de la propia estupidez tratando de mantener una antena sensible. Una neurona inanestesiada. Un ojo, de los tantos, semiabierto. Tanta pelea, tanta batalla para no perder tan sólo una miserable porción del espectáculo. Para mantener las vibraciones del recuerdo. Los signos de la memoria. En uno. En uno mismo. En el propio cuerpo. Los ínfimos vestigios, huellas de los acontecimientos, ladrillos en la construcción de la historia. Tanto esfuerzo. Joder. Y el sol, mandoneando desde su trono. Sin que ni siquiera se nos otorgue el derecho a ser recíprocos. A iluminar un poco sus dominios, a contribuir a su eternidad. Condenados a solamente recibir.

Así que, abierta hasta donde la cerrazón y la inconciencia de las moléculas que me construyen (pobres inocentes mareadas por la calesita de su propia enajenación) me lo permiten, abierta al sol, tirada en bombacha bajo la poderosa luz caliente que diseca el balcón -cuyas sólidas barandas, aclaro, me aíslan de los ojos del vecindario-, un tanto obstaculizada mi perspectiva de los alrededores por la montaña, próximo futuro volcán en erupción, que es mi panza de siete meses, decido que mi hijo, que se va a llamar Carlos Ernesto (y que los perspicaces adivinen por qué esos nombres y no otros), va a nacer en California.

239 Lo que implica movilizarse, darse una ducha, vestirse, ir a ver al hombre en el cual una se interesa en ese momento (que no necesariamente coincide con el que contribuyó a engendrar al insecto), comunicarle la decisión en su carácter de inalterable, encontrar el dinero para el pasaje, armar las valijas y volar a Los Ángeles.

240 Y, lo que decía antes: ¿cómo se le puede agradecer tanta generosidad? Al sol, digo. Una tarjeta. Un, quién sabe, ramito de amapolas. Tulipanes. O girasoles, que lo admirarán de frente y por siempre. Un abracito. Un beso en la boca. En la garganta. Una significativa, cómplice sonrisa desde el balconcito parapetado de los días. Desde el teléfono. Desde mi consulta a David sobre si va a estar en su casa para ir a verlo de inmediato. Desde la ducha mexicana. Desde este camión en el que no hay, lo juro, ni un pinche asientito libre, vacío, hueco, condescendiente, te lo juro, güerita. Te lo juro.

241 So, baby, take a camión on the wild side!

242 Y habrá que ponerse los patines y producir, entre frotaciones y agitación de los elementos, un accidente, un estallido. Un despliegue de energías. Un suceso.

243 Y como los seres humanos somos esa inquietante cadena de insolencias, de traiciones y de lealtades, de obsecuencias y de salvoconductos hacia lo que suena como libertad, de prolegómenos y de insensateces, de estupidez y de arbitrariedad, de desacatos y de ternuras, de obediencias y de alucinaciones, de patologías y de crueldades, de ignorancia y de sorprendentes comprensiones y solidaridades, de sabidurías múltiples y de inconcebible boludez, además de tantos otros atributos, no sería mala idea sentarse por un rato a pensar. Bajo el sol o bajo las gordas oscuridades que se obstinan en anunciar la próxima tormenta. A pensar.

Y aunque sabemos que no existen los absolutos y todo es cuestión de proporciones, y como la composición de la raza humana es de considerable complejidad y, a pesar de la numerosa presencia de elementos que despliegan más que nada humor, inteligencia, dulzura, ingenio creativo, comprensión, coraje, sentido común, sana locura, espíritu de sacrificio y grandiosas intenciones se destacan más los delincuentes, los terroristas de Estado, los insatisfechos, los genocidas, los depravados, los vulgares y los irresponsables, hacia finales de abril del año 1982, dos años antes de los hechos que en el tiempo de este relato están aún por ocurrir, había aparecido en la vida de los argentinos viviendo en Argentina y en la de los dos millones y medio de argentinos desparramados por el mundo, la inefable guerra de las Malvinas. Y en medio del estrépito y de las gigantescas mentiras sobre el curso que iba tomando el inaudito destrozo de cuerpos adolescentes, sorpresivamente la guerra había finalizado setentaidós días después, con rendición de los militares dictatoriales y genocidas por vocación, y con entrega, en paquete de celofán con moño en varios tonos de dorado, de las islas a los británicos. Razón por la cual la banda de delincuentes a la cabeza del país había tenido que dar elecciones democráticas y resignar el gobierno -no el poder- a otras ineptitudes menos asesinas. De manera que ahora, ya diciembre de 1983, algunos exiliados curiosos y ansiosos, desde diferentes rincones o no rincones del planeta, empezaban a buscar formas de acercarse y de espiar la marcha de los acontecimientos. Acontecimientos sobre patines, que enrojecidas marcas venían dejando sobre las áreas más delicadas del cuerpo de la historia. La pobrecita. La pobrecita maltratada. Y David fue uno de ellos. Así que nos despedimos en el aeropuerto de la ciudad de México. Aquel aeropuerto al que yo había llegado presintiendo desde el inicio que, a pesar de haberme comprado un enorme helado de chocolate con nueces, me tomaría uno más que modesto en tamaño y ni más ni menos que de (anodina) vainilla.

Y a los seis días de esa despedida, el mismo aeropuerto volvió a verme para mi propio viaje, de regreso, con visa de turista, a la ciudad de Los Ángeles, para muy pronto pegar un brinco a Santa Bárbara donde nació no precisamente el de los célebres nombres: Carlos Ernesto, sino la ínfima, cordial, entusiasta Sara Julia.

244 La desdicha del nombre. Síntoma y sinopsis. Silencio y oscura caverna despoblada. El nombrado: conjunto amasijable de tejidos, objeto de inmolación.

245 Una noche antes del acontecimiento (porque siempre la noche anterior contiene la clave de los hechos que le siguen) mi amigo Jim me ubicó en el centro de la escena del crimen con una preocupación que lo venía persiguiendo. Dijo, en versión aproximada: Hermosa pequeña ciudad, Santa Bárbara. Tanta colina, ¿no?, tanto chisme, tanta gente en bicicleta. Tantos desayunos a las 7 de la mañana a lo largo de la costa oceánica, envueltos, abrigados por la bruma de la primavera temprana, de la primavera todavía imperceptible. Bello. Bello. Tantos poetas, pintores, visionarios, debatiéndose en las angustias de tanta riqueza. ¿Te sentís bien? Escribir tanto en estos días en que estás al borde del parto, ¿no te diversifica la atención? Digo, la atención que quizá requiera el bebé. O la beba. ¿Sabés?, estuve pensando: ¿qué tal si es una nena? No es que yo quiera contradecirte. Ya sé que vas a tener un varón y las fotos de Marx y del Che que Daniella y yo colgamos para vos en tu dormitorio dejan claro que confiamos en tu intuición, que siempre ha sido infalible. Pero, ¿qué tal si esta vez te falla? ¿Por qué no buscás, sólo por jugar con el asunto, nada serio, ¿me entendés?, un, qué sé yo, un nombre, o dos, una idea tentativa de nombre de mujer, no? Es que estás tan lista para el parto que no creemos que pase de mañana. ¡Mirá si nace una nena y estás ahí, en el hospital, desconcertada por el cambio de dirección que han tomado las cosas, sin saber, en medio de los dolores y las contracciones, qué nombre ponerle?

246 Sin saber cómo predestinarla. Cómo dibujarle el camino. Cómo estrecharle la libertad. Cómo condenarla.

247

Pasos bajo el agua, que todavía gozaba de ausencia de título y que tenía, también, nueve meses de vida, estaba inundado de mujeres. Todas, pobrecitas, con caminos preformados, con destinos, con definiciones, con etiquetas y con nombres. Y en la cárcel. Así como había logrado sacudirme de los hombros, de los omóplatos, de los pulmones, la tradición de la obligada paternidad, se me ocurrió, y me divertí con la idea -y en pocos segundos la descarté- de registrar este nacimiento sin un nombre, y con solamente un apellido. El mío, desde ya. Y así ahorrarle, a quien fuera que estuviese despidiendo por entre mis verijas, los disgustos, los desacuerdos, el peso en la conciencia de tener que detestar a su progenitora. Y no sólo eso: podría, con un camino tan sin marcas, tan abierto y limpio ante sus ojos, seleccionar su propio estigma y atenerse a él, ser responsable de sí mismo y de su propia locura. Otorgarse su propia condena. O, en todo caso, darse el lujo inigualable de decidir quién sea, quién fuera a ser en el futuro, ser de verdad él mismo, en total ejercicio de su propio yo. Darse, digamos, su verdaderamente nombre propio. También se me cruzó -y me divertí mucho más en eso- por las duras paredes del cráneo, y como una flecha encendida de todos los fuegos posibles, el generoso deseo de registrar a ese ser humano sin apellido. Y sin nombre. Sin nada. Ofreciéndole una completa felicidad de existir. Con la flecha, claro, también se me cruzó la rabia de la imposibilidad. De la paradoja.

Pero bueno. Pasando las hojas manuscritas de *Pasos,* en la búsqueda de una sentencia, de un título para el ser que podría llegar a ser mi hija, me prendí a un conjunto de cuatro letras que, en todo caso, sonaba redondo, breve, claro. Y que, por decirlo de alguna manera, a lo largo de ese libro me representaba a mí, representaba a muchas otras mujeres, y representaba a todas las mujeres que estaban contenidas en mi existencia. Pero insistió, mi amigo Jim, en que todavía más tranquilizador resultaría estar parapetado detrás de dos moles graníticas. Una no era suficiente. Nos íbamos a sentir todos más seguros, más protegidos frente al estallido que acontecería en pocas horas. Y Julia, la inigualable ofrenda que Vanessa Redgrave le hace a una gran versión del mundo, ávida de acontecimientos avanzando con patines sobre los baches del trayecto, desde un *Pentimento* infinitamente desplegado, fue el segundo, tembloroso designio.

248 Uno trata. Uno hace la mayor parte de los esfuerzos de los que se cree capaz. Habla, produce ciertos gestos, modifica el tono y eleva el volumen de la voz, y llega a pensar que los destinatarios de tanta expresividad están sordos. Porque por ningún lado aparecen signos de que los mensajes hayan sido recibidos. No se perciben reacciones, ningún tipo de entendimiento. Y la emisión de un mensaje, las previas elección y preparación, los sucesivos intentos, lo frustrante del fracaso y de la tentativa de recuperarse y de readquirir las fuerzas necesarias para recomenzar, se roban tanto tiempo. Succionan de nosotros las energías que, para reponer, a veces hay que inventar. Menos mal que la imaginación es una de las vocaciones que se han venido cultivando.

249 Y por eso, por todo el tiempo que llevan los esfuerzos mayores y menores, y ni hablar de los medianos, que carecen de la adrenalina de los mayores y de la fuerza de caída de los menores, o viceversa, por los masajes y las caricias que requieren las restauraciones y los días y las noches necesarios para completar el reacondicionamiento, que nos espere, la batalla. Que ya arrancamos. Que ya, ya arrancamos.

250 Existe cierta gente, cierta raza, la de los bien intencionados, cierta inoperancia implícita, en apariencia inherente a la buena intencionalidad. Cierta deficiencia alimentaria, cierta irresponsable falta de proteínas que resulta en daños a la visión, y que promueve la ceguera.

251 Así que, encontrados en el mismo punto el que está reconstruyéndose con el bien intencionado dispuesto a contribuir a la felicidad del próximo final de los hechos, comienzan a asomar, y bastante de frente, las contradicciones.

Digamos que el escenario puede describirse así: una mujer, exiliada política, embarazada de nueve meses, con treinta años y una aceptable claridad mental que, a pesar de la proximidad del parto y de su sensibilidad frente al hecho de la escritura, muestra, hace visible, una fortaleza que no ha sido menos llamativa antes, antes del exilio, en la cárcel, ni antes, en su relación con la familia y los amigos. Eso por un lado. Por el otro, los amigos (californianos, una pareja bien avenida, adecuadamente constituida de acuerdo a los cánones de las buenas costumbres conservadoras, al menos visto todo este panorama desde detrás de las fronteras que demarcaban los dominios de la relación, en más que muy aceptable situación económica), entusiasmadísimos con el brillo de los ojitos pegoteados, la naricita de botón rellena de mocos y las orejitas repeludas del elemento vivo que ya veían empezar a asomarse por entre mis piernas, con serias dificultades para tener su propio hijo. O sea, sin hijos ni muy avistables posibilidades en ese sentido. Y muy claramente dispuestos a ayudar en cuanto a encontrar un buen hospital, un médico de confianza y vivienda (la de ellos) para la amiga exiliada recién llegada de México con la panza en explosión.

La exiliada (y amiga) -que iba percibiendo un creciente deseo más y más expresado por la pareja de buenas intenciones de, ya que ambos eran parte del revuelo por la llegada de este ser al mundo, participar del espectáculo del parto- empezó a suponer que allí se iba gestando un malentendido.

No, no, no, dijo la exiliada. Nada de eso. Un parto no es, si quien lo produce no lo quiere así, un programa de televisión, o ni siquiera algo que pueda interesar compartir. No dejemos que se genere este equívoco. Este acto de abrir las piernas y de largar este chico es absolutamente privado, en mi caso, y no sé siquiera cómo soporto la idea de la presencia del médico y la de la enfermera.

Pero ¿por qué?, fue la absorta, preocupada indagación de la pareja de buenas intenciones. ¿Por qué? Nosotros somos parte de esto, y estamos muy contentos de la llegada del nuevo bebé. Y hasta lo sentimos como nuestro. Además vos estás sola en estas circunstancias.

La exiliada, cuyo rostro iba cediendo paso a diferentes y sucesivos tonos del rojo, y después del amarillo, y a continuación del verde, les recordó a sus amigos californianos que ese "you are alone" era el feliz resultado de una de las decisiones más acertadas que había tomado (bajo el contundente sol mexicano) en su vida, y que no estaba, ni por coincidencia, en la posición de variar su idea del asunto ni ahora ni más tarde. Que, por lo tanto, ningún tipo de compañía le mejoraría en nada el ya fabuloso trayecto de tener un hijo, y menos que nada en el comienzo, la situación del parto, la irrepetible, la irreversible, la singular y privadísima situación del parto.

Listen, dijeron los amigos, ésta no es una experiencia que sea posible atravesar sola, sin afectos cercanos. No solo decidiste esto de no incluir un padre en tus planes, sino que tus propios padres están en Argentina. No finjas una fortaleza que no goza de ninguna credibilidad. Parece que no supieras lo que es estar en el exilio, lejos de tu gente, sin tu familia y a punto de tener un hijo sin padre. ¿Qué te está pasando?

Miren, contestó con creciente énfasis la exiliada. Yo no entiendo con qué propósito a ustedes ahora se les ha dado por distorsionar la realidad con tanto detalle. ¿A mí me dicen que no sé lo que es estar exiliada? ¿Y lejos de esto y de lo otro? ¿Ustedes son los que me dicen a mí que no sé lo que es tener un hijo soltera? Yo les pregunto, a ver cómo pueden satisfacer mi curiosidad: ¿pasaron, ustedes, por toda esa lista de situaciones que tanto les preocupa en relación conmigo? ¿Tienen, ustedes, idea de lo que es estar lejos de los amigos -muertos y desaparecidos, y de los vivos- y de la familia, por precario que haya sido el afecto recibido de ella? ¿Tuvieron ustedes, carajo, alguna vez, un hijo sin padre o con padre? Yo puedo entender, sólo racional y parcialmente, que la idea que les llena la mente de que este país, el país en el que nacieron y crecieron, es el mejor del mundo, y de que los habitantes de todos los demás lugares del mundo somos unos salvajes y unos bárbaros no los abandone fácilmente. Puedo entender algo de todo eso porque la ignorancia, el más espantoso de los males de la humanidad, cunde en todas direcciones. Pero no voy a permitir que me quieran convencer a mí de una debilidad, de un desamparo, de una falta de convicción en cuanto a mis propias decisiones que no existen ahora ni existieron antes. No me traten como a una pobre imbécil arrastrada por los vientos de lo circunstancial, porque en ese caso me obligan a mí a verlos a ustedes como unos insensibles omnipotentes, incapacitados, insolentes, que nadan en medio de un cúmulo de cegueras y de ilusiones ópticas. Si necesitan un ser vivo a quien proteger, a quien dedicarse y cuidar, dar de comer en la boca, convertir en víctima, mi hijo y yo somos los peores candidatos a los cuales apuntar. Mala decisión: no se atrevan. Y no quiero tener que repetir esto: yo no quiero a nadie en la sala de partos. No necesito a nadie. Deploro la idea de alguien allí que no sea el chico, el médico y yo, y si ustedes insisten me voy a otro hospital, con otros médicos, y no me ven más. Pero nunca más. ¿Cómo se entiende que, al mismo tiempo de repetir y repetir que me quieren y que me respetan, estén tan alegremente pasando por sobre mi persona, como si yo no existiera? Y, por favor, no me hagan reaccionar para el carajo a una muestra de buena voluntad por parte de ustedes, que en realidad se ve convertida en una forma de incomprensión, de falta de deferencia, de interés por los que son mis deseos, mis necesidades y mis formas de hacer las cosas. Digamos: en un oprobio.

Oh, please, dijo la pareja al unísono, please, please, no lo tomes así. Calmate. Calmate que vas a poner nervioso al bebé. No vaya a ser que se te adelante el parto. Si te lo vas a tomar así, y aunque lo último que queremos nosotros es abandonarte en este difícil trance, está bien, te vamos a dejar en paz. Pero te

161

vamos a estar cuidando, vigilando, desde donde no nos veas. Sutilmente. Sin ocasionarte molestias ni más nerviosismos. Demasiado, ya, con lo que tenés, y con lo que va a ser tener el bebé vos sola.

La exiliada sentía la cada vez mayor proximidad de la furia asomando por entre la lengua y el paladar. Sentía que todos los ojos, que ya iban cubriéndole hasta los menos indicados lugarcitos del cuerpo (aunque, la verdad, no deja de ser un privilegio poder verlo todo desde ángulos tan sorprendentes), se movilizaban y parpadeaban en acción conjunta, y casi se podría decir que acusaban todos una acentuada tendencia a traspasar los límites que los sujetaban en su lugar, que hasta ahora no les habían permitido concretar el salto. No cabía en el cuerpo de la exiliada tanta indignación, no entendía cómo le estaba siendo posible realizar el esfuerzo necesario en función de oponerle resistencia a la estupidez oficializada. No le cabía tanta presión. Para hacerle un espacio había que, necesariamente, eliminar elementos que estaban ocupando excesivo lugar y habían dejado de entrar, de permanecer allí con comodidad, de ser sentidos como placenteros.

252 Pero no puede, uno, permitirse la excentricidad de dejarse explotar, reventar, desangrar del odio. Más bien hay que descomprimir. Hay que idearse una válvula por la que pueda ir saliendo el aire apretado que nos burbujea en esos ocultos recovecos en los que se unen y se pegotean los huesos con los músculos, los músculos con las venas, los cartílagos con la grasa, los vasos sanguíneos con los tendones, y que no encuentran un respetable acceso al exterior. Y, otra vez, y como muchas otras veces, ¿quién o qué tiene mayor control de estos casos que la imaginación? O la memoria. Porque no es justo, tampoco, dejar que se interprete que lo único que la sagrada válvula instrumentaría son inventos. No. También se nutre de recuerdos. Y de las distorsiones y de las trampas y de los juegos sucios con que las reminiscencias nos ponen a pagar todas las deudas acumuladas con cada acto de negación de la realidad, con cada boicot contra uno mismo, contra la propia idea, contra el propio proyecto; con cada acto fallido, con cada lapsus linguae. Con cada claudicación. Con cada renuncia. Con cada ataque de pánico. Con cada retroceso frente a las bravuconadas de lo que se nos opone. Con cada formato asumido por los mecanismos de defensa, que tanto confunden. Que tanto podrían entremezclarse con nuestras armaduras éticas. Que tanto matan. Recuerdos, claro, que reaparecen por las incoloras aberturas de la nostalgia, por las crujientes y oxidadas persianas de lo vivido.

Y aparecen ese Jim y esa Daniella de los primeros tiempos, hospitalarios espontáneos, preguntones de detalles llenos de buen humor y de ciertas compartibles alegrías. Que parecían entender. O que entendían. Aquella Daniella que llenaba, hasta el tope y de todo tipo de espumas, una bañera, al final del día, para que yo me decidiera a exponer a los efectos lapidarios de las sales de baño todos mis agotamientos, los nudos de los músculos, las punzadas en la nuca, los gritos internos ahogados contra las vísceras. Aquella Daniella que me mostraba en diáfanos sacudones de jovialidad las áreas desiertas de las colinas de Santa Bárbara, la que fotografiaba en esas caminatas a los bebés de las ovejas de los alrededores: ¿ovejas? No sé. Aquellos bebés cubiertos de blanca pelambre incapaces, todavía, de huir de nuestra intrusión. Tantas Daniellas. Tantas hermosas Daniellas, aquéllas. Los ojos de topacio viviente quebrándose en una infinidad de lumbres con cada palabra dicha, escuchada.

Y Jim, Jim en la cabaña minúscula y encantadora, rodeada del césped y de las asalvajadas plantas del fondo de la casa, luchando, Jim, con las palabras, recluido en la belleza de su nido de maderas, pequeñas ventanas y crujidos. Luchando con las palabras, aceptándolas, dejándose vencer, evadiendo su significancia. Legándoles la responsabilidad de hacerse cargo, la decisión de entrar y salir sin haber sido convocadas, soltándoles la mano, abandonándolas a su suerte, que tantas veces no es suerte ni destino. Jim en su cabaña del fondo de la casa. Jim y Daniella: brisa refrescante. Viento a favor.

253 Ustedes prometen, entonces, preguntó la exiliada, en el hospital, entre contracción y puteada, que no entran a la sala de partos, ¿no? Seguro, respondieron los amigos. Seguro. Ya hemos hablado de eso lo suficiente. Es tu deseo. No el nuestro, pero sí el tuyo. Es lo que vos decidiste, y será respetado cabalmente. No te preocupes más. Vos hacé un esfuerzo para que esto te salga lo mejor posible. Tratá de distenderte y de concentrarte en el bebé. Nosotros nos vamos de aquí. Vamos a la sala de espera. La enfermera dijo que nos va a buscar allí para avisarnos cómo fue todo y a qué cuarto te llevaron. ¿Okay? Todo va a salir perfecto. Bye. Te vemos en un ratito. Let me give you a kiss. Be strong. We love you.

Bien, bien..., respiró levemente la exiliada, mientras los observaba alejarse hacia el pasillo un tanto apresurados, como urgidos por algo, como deseosos de no molestarla. Por supuesto.

Hay circunstancias en las que todo puede distorsionarse en la mente de uno. Quién sabe qué modificación en el funcionamiento de las hormonas, los químicos, qué sé yo qué químicos, pero algo en medio de todo este gran lío del parto podría estar poniéndome tan defensiva. Ellos entienden. Aunque les cueste un poco y aunque insistan, entienden mi deseo imperioso de privacidad. Mi urgencia de abarcar la extensión, la magnitud de este nacimiento por mí misma, sólo por mí misma. Claro que entienden. Siempre han sido para mí ese viento a favor. No hay razones para un cambio. Ahora menos que nunca. Respiró otra vez por unos segundos, antes de enfrentarse a la volcánica embestida de la nueva contracción. Segundos en que dos enfermeras la ayudaron a caer pesadamente sobre la camilla para ser conducida a la sala de partos. Mierda, mierda, mierda, gritaba por los pasillos camino al punto culminante de este suceso de nueve meses. Shit, escupía, bilingüe y sin moderación. Quién fue el hijo de puta creativo que se inventó este hijo de puta formato, esta injusta y asquerosa manera de que llegue un chico al hijo de puta mundo. Díganme quién fue el simpático. Tráiganmelo que lo hago mierda. Prometo y juro que lo hago mierda. Y así fue que se separaron las dos grandes puertas entre las cuales se abrió paso la camilla para ingresar a la sala de partos. Donde la exiliada vio no demasiado, paredes anchas, verdes, quizá, luces en el techo, quizá, algunas formas metálicas, también eso quizá. Y, expectantes y vestidas con guardapolvos verdes y máscaras blancas que les cubrían la nariz y la boca, a cuatro personas ubicadas en hilera y de frente a la puerta por la que ella iba entrando (sobre patines, desde ya): el médico, una enfermera, y la pareja de voraces amigos californianos Jim y Daniella. Jim munido de una oscura cámara de fotos, de muy activo flash.

165

Todo mientras el dolor se tornaba un fenómeno irreconocible, todo mientras por entre los pliegues y los recientemente afeitados pelos de su entrepierna iba asomando la peluda cabeza del minúsculo acontecimiento. Todo mientras se lo oía al médico decir *she's* beautiful.

254 Que no vuele a esos ritmos, la historia. Que trate de disminuir la velocidad. Que baje un poco, que se nos acerque. Que nos permita montarnos a la escoba. Compartirla.

255 Porque una escoba no compartida, una escoba apenas montada, no ejercita sus funciones. Pierde pelo. Se atrofia. Se vuelve estéril. Deja de barrer. De transportar. De brillar. A cada intento remonta con más lentitud. Con menos ímpetu. Cada vez con actuaciones más lamentables. Más patéticas. Que inundan de tristeza y de rabia.

256 Un par de valijas y una canasta. En las valijas unos pocos, los indispensables, libros. Y ropa. En la canasta, una beba de tres meses y medio. Aerolíneas Argentinas. En un gran contenedor y por barco, muchos cientos de libros. Todo con el apoyo financiero de las Naciones Unidas. Rumbo a Buenos Aires, después de cuatro extendidos, reducidos años. Que no es cierto que no sea posible definir.

257 Se entra y se sale, se va y se regresa sorprendentemente, desiluminadamente, a veces; dotado, uno, de sombras necesarias, de indispensables espacios de luz entre sombra y sombra. Se va transportando un patrimonio adquirido, acumulado, instante a instante, de insomnios, de preguntas, de estallidos de risa en medio de la noche, de autoacusaciones, de los formatos un poco siniestros del olvido, del excesivo recuerdo, que se abre camino entre la musculatura y el sustancial quejido de los huesos. Con un dedo de una mano, quizá contra una pared desconocida, quizá contra la corteza azulada de un árbol que también nos es desconocido, nos inventamos un soporte. Y nos apoyamos. O creemos que nos apoyamos. O sabemos que no nos apoyamos, porque nada podría sostenernos en medio de tamaño tembladeral, pero imaginar el soporte nos ayuda a hacer el intento de conseguir uno verdadero.

No hay comienzo y no hay final en la caravana especulativa de la búsqueda, de la indagación por la palabra, la que dibuja, bosqueja, aunque débil y febril, el nombre de los hechos. El rastreo por la comprensión profunda de cada novedad diaria, el sondeo de las razones para la risa, para el extrañamiento, para el punzante invento que es el dolor de la distancia. No hay final porque no ha habido comienzo, o no habíamos detectado los signos iniciales. ¿No habíamos detectado los signos iniciales? ¿Levemente? ¿Desde cuándo veníamos estando lejos? ¿En qué punto desprotegido de nuestros ancestros establecimos las distancias, empezamos a sentirnos, o a no sentirnos, distantes?

¿De dónde somos? ¿Cómo es que llegamos hasta aquí?

Es posible, a los cuatro años de una poco respirable niñez rosarina, entreabrir los cortos muslos que pesan sobre los bordes de un blanco inodoro que nos sostiene (a medias, siempre a medias) y nos observa y nos juzga desde los confines de nuestras realidades fisiológicas, antropológicas, ontológicas, ir separando las piernas a medida de que se va sintiendo el hormigueo de la salida del orín en dirección al agua contra la que va a golpear, resonar, es posible, digo, suponer que uno orina como nadie más orina. Es posible suponer, y hasta no tener ningún tipo de duda sobre el asunto, que ese ruido, el del propio orín, es irreproducible. Es posible olvidarse de secar los restos de orín y correr con la bombacha por los tobillos para expresar la angustia, la definitiva y sin orígenes soledad experimentada en un instante en el que ya se han definido, en el que acaban de ser precisadas, las disparidades y las discordias del futuro. Correr con desesperación del baño a la cocina entre ahogos y toses para compartir con la supuesta sabiduría materna el hallazgo de que existe un conocimiento de algo, que hay algo que ya se sabe, que puede ser visto en la orina, percibido en el ruido de la orina contra el agua, acerca de uno mismo. Y es posible ser interceptado por un grito espantosamente actual, tan presente, que nos recuerda que, ante todo, el decoro y la decencia: que hay que subirse la bombacha.

Y es posible, más de veinte años después, sentarse a orinar en un inodoro instalado del otro lado del mundo, enclavado en curiosas latitudes, en extraños hemisferios, cerrar los ojos, es posible, y repetir el viejo pensamiento que establecía con precocidad las lejanías, las extensiones y las diferencias, corroborarlo, amarlo. Y odiarlo, por supuesto, cuando sin todavía haber secado con papel higiénico los restos del orín legendario, se le echa una ojeada circular, semicircular, al baño poblado de extranjerías, y se advierte (las manos temblorosas, el pulso suspendido en medio del proceso de decidir si mejor detenerse para siempre o precipitarse en una aceleración igualmente letal, el quejido aflorando por entre los dientes congelados y las sospechas confirmadas: yo sabía, yo sabía, se lo dije a todos, qué tanto desarrollo, primer mundo y esa sarta inacabable de pelotudeces; y la encrucijada establecida entre los jirones de luz y las hilachas de sombra que arremeten contra el vidrio opalino de la ancha ventana, de pronto insalvable) que no hay bidet. Qué golpe en la conciencia: se ha advertido, público presente y ausente, la falta. La falta de bidet en el país del exilio. Y como a una falta se la descubre siempre recortada contra la pantalla del contraste, de la comparación, repetimos, mientras nos lavamos las manos, la imagen del infaltable, confiable y brilloso (o descascarado y lleno de herrumbre) bidet argentino del baño de la casa en la que se ha crecido. O las casas. O de la pensión que se ha alquilado. O del baño de un bar. Café. Estación de servicio. Y el cerebro sigue, no hay quien lo pare, su trabajo inevitable: la cárcel. El baño de la cárcel. De las cárceles. Donde no es posible, pese a nuestras habilidades recreativas y selectivas, recortar ningún recuerdo mejorado en relación con la visión presente. No bidet, no inodoro: letrina. Agujero anatómicamente ventajoso y dispuesto a deshacerse de nuestros desechos privados, de muchos de nuestros hábitos y de algunas de nuestras sobriedades. Y vanidades. Y orgullos.

Queda ubicado, entonces, el exilio, en la posición intermedia entre prisión y libertad. Siempre aparece algún sistema de mediciones. Algún parámetro. Algún esbozo de sonrisa.

Esa longitud establecida entre el bidet y el inodoro, entre el inodoro y la letrina, entre la letrina y el bidet, ese teorema de Pitágoras inabarcable, quizá irresoluble, acababa de ser planteado.

Se entra al exilio, antes se sale del propio país, se sale echado, desalojado, expulsado. Y con el exilio a cuestas se sale de él: sin ser desalojado más que por los propios deseos de reencuentros. De besos. De los besos a los que aspiramos de todo lo que tiene la capacidad de besar: los árboles que entonces acababan de ser plantados. Los edificios a medio construir. La tenacidad de algunos vientos, que besan abarcando el cuerpo entero. El calor de enero con helado o sin helado. Las sillas del café. Es decir, no todas: sólo las que insisten en mantener la desigualdad en el largo de una pata respecto del largo de las otras tres. El estrépito de las ruedas del tren, que también besa, no sé qué besa, quizá las vías, pero besa, sobre todo al distanciarse, inexorable, mientras se hunde en las inflamaciones del aire.

De manera que se vuelve a entrar en el país original. Aquel primero, primigenio, que había sido escenario de las iniciales mediciones, comparaciones, de cada alejamiento. Se vuelve. Se retorna (parcialmente) para indagar sobre la veracidad de una idea que circula entre la mayor parte de los exiliados, según la cual el regreso al país marca el final de una etapa de la vida de uno que fue denominada exilio. Se vuelve, entonces, a los amigos, a los que quedaron vivos y apretados entre las paredes del ocultamiento sistemático, obligado. Se vuelve, no sin los imprescindibles resquemores, a los padres, que ahora tienen una nieta de cuatro meses de existencia. Y así como se vuelve a ellos se rebota contra ellos, se confirman los espacios, las mediaciones, las vastas longitudes intermedias. Se regresa, acaso con un poquito más de convicción, a las calles de Buenos Aires. Se vuelve, de paso, al hombre que todavía a una le ocupa (no toda) la atención. Se visita la vieja, natal Rosario. Se sienta, una, en un café. Sola. Sin bebé. Con ropas discretas, insípidas, en el plan de pasar inadvertida. Y con un libro que opere de refugio mientras se distribuyen miradas más o menos furtivas por los alrededores. ¿Qué llevó una para leer? No llevó cualquier libro recogido al descuido. No. Descuidos, nunca. Con envidiable esmero una se ha puesto a meditar sobre los alcances de cada título. Sobre las eventuales consecuencias de cada contenido. Porque si el parapeto resulta demasiado simple, no ejercerá el suficiente atractivo que la mantenga a una amarrada a la lectura en el momento en que haga falta bajar la vista. Una está tratando, de hecho, de que el efecto resulte lo más genuino posible, con el propósito de soslayar la obviedad de una actuación que, de todos modos, va a mostrarse inevitable. Y si resulta demasiado complejo, en una situación como la descrita, en que se impone el disimulo, en que, además, se está nerviosa, emocionada, y se traspira, tampoco queda facilitada la concentración en las palabras impresas. Es decir: es necesario agenciarse un libro de intermedia complejidad. Justamente de ésos que una no tiene ni tendría. Además y sobre todo: de ésos con los que una no querría ser vista. Esos cafés son los viejos cafés que una frecuentaba, en los que se vivía, se daban exámenes, se escribían poemas, se los leía para los amigos, se debatían las filosofías de la revolución. Los amigos que sobrevivieron deben seguir yendo allí. Qué explícito el ritmo que se le imprime a mi sangre. Qué tibieza la de mi saliva, la que atraviesa las sinuosidades de mi garganta.

Y con el libro abierto sobre la mesa del café (ni más ni menos que el primer tomo del Ulises, en la página en que el adjetivo *verdemoco* describe el color del mar y hace sentir culpable a cualquier escritor en este mundo de no estar aplicando las suficientes energías en mejorar sus propios textos) pido un té. Sin leche, sin azúcar y sin limón. El mozo y sus bigotes son los mismos que cinco, diez años atrás. Yo sé eso. No digo nada. Él me dice que le resulto conocida. Yo le sonrío reprimiendo todos los deseos de contarle mi historia. Y llegan tres muchachos. Que se acomodan en la mesa de al lado de la mía. Son más jóvenes que yo. Señores: hay gente con tono adulto más joven que yo. Piden cafés. Y hablan. Mucho, hablan. En voz alta. Muy alta. Para ser oídos no sé por quién. Por ellos mismos, pareciera. Nadie habla en voz tan resonante si no necesita ser oído por sí mismo. Uno cuenta, el de la voz más estridente, que acaba de volver de un viaje de trabajo a Tucumán. Dice que todo está tan hermoso allá. Que desde que los militares bombardearon, varios años atrás, y aniquilaron tres pueblos de trabajadores de la caña de azúcar, todo está tranquilo y en orden. Que están resplandecientes las calles, limpias, dice, las calles de San Miguel, siempre orilladas de naranjos. Y no hay libro que valga. No hay autor simple ni complejo que sirva para nada en el contexto de esta obra de teatro. No hay Joyce que me atraiga ni que logre absorber ni la más ínfima neurona de mis días.

Mis amigos, los que quedaron vivos, no aparecen. Dónde están sus manos, ésas con las que se aferraban a la temperatura del pocillo en medio del esfuerzo por encontrar lo irrefutable. Lo noble. Dónde se apoyan sus codos, que faltan aquí, que no ejercen presión sobre las aristas de esta mesa de madera oscurecida, sin lustres, abarrotada de indicios. Quién se privilegia ahora con el involuntario roce de sus zapatos contra los zapatos del que está sentado enfrente, en el momento en el que se incrementa el énfasis en la expresión de la idea. Dónde, la idea. Dónde el café. Dónde el estallido de la risa frente al argumento extravagante. Dónde la sorpresa y el enojo ante la solemnidad y el miedo. Dónde el vigor del concepto, la fuerza del juicio, la claridad de la reflexión. Dónde la construcción del arquetipo. El sostenimiento del paradigma. El desarrollo de la obsesión. Sobre qué superficie tamborilean sus dedos, ahora, y contra qué caras bailan los humos de los sucesivos Particulares sin filtro. En base a qué axioma voy a escuchar rebatida mi afirmación de que es saludable escribir en los cafés en los que se reúnen los amigos, porque extrañarlos desde la propia casa no ayuda a la producción, y ser interrumpido por sus llegadas en serie mantiene activas las pulsaciones de la sangre, y sin sangre no se escribe. Quizá en base a ningún axioma, a juzgar por la quietud de las dos puertas de entrada. Dónde encuentro ahora la ecuación, el trazo de la luminosidad, sino dentro de mis propios bronquios.

Quizá ya no vengan a este lugar. Quizá nada de todo esto venga ya a este lugar. Y mi té está frío. Y no tiene azúcar. Ni leche. Ni limón. Y estoy exiliada del exilio, en el que podía manejar quince minutos y hundir la mirada en el surco que se fragua y al mismo tiempo se diluye entre las grumosidades del cielo y las efervescencias del Pacífico.

Desde dónde llego, hasta dónde llego, por dónde voy aproximándome a qué. Alejándome de qué.

Cómo voy a arreglármelas para sobrevivir la tristeza, la arrogancia, la parálisis, la violencia. El llanto constante de los que, torturados, son obligados a convivir con su torturador. Con su verdugo. Cómo absorber las señales, los signos del horror desperdigados por las paredes, las fachadas de los edificios. Por entre las ranuras de los bajorrelieves, de las molduras minuciosamente trabajadas alrededor de las ventanas. Los vestigios de la sangre, los restos de sudores, las partículas adheridas a las sombras, que delatan que una cabeza humana, posiblemente joven, o anciana, o temblorosamente infantil, ha sido destruida contra la porosidad del cemento que ha quedado al descubierto. Cómo discriminar frente a la diversidad de signos. Cómo digerir el mensaje sin estallar en una continuidad de vómitos y ahogos. Cómo cohabitar con el asesino sin sentirse su cómplice. Cómo coexistir con el ritmo marcial, impune y cotidiano que retumba en las calles, donde la hostilidad entre el recuerdo y la desmemoria despliega zancadillas, redes, trampas, que pueblan sin alternativas las zonas del dolor.

Donde en una siesta altamente veraniega de enero de 1985, en una heladería de la porteña avenida Corrientes, en la que yo compartía con mi hija de casi un año ínfimas porciones de un helado de frutilla, mientras el aire encendido desmembraba cualquier intento de respiración, una mujer, con su helado doble y colorido, se me acercó para preguntarme qué clase de madre cruel era yo, que promovía en mi hija una segura laringitis. Todo eso justificado por la realidad de que ella hablaba desde su posición de enfermera del Hospital de Niños, título que acreditaba su intervención en mi vida y autorizaba sus insultos. Cómo hubiera querido tener la valentía de decirle que dos días atrás yo había llevado a mi hija a vacunarse al Hospital de Niños, y que por qué mejor ella no se dedicaba a promover la higiene del hospital, enterrado irremisiblemente bajo una capa de polvo de dos centímetros. Por dentro y por fuera. Recorrido, el mismo hospital, por los alaridos de una madre a cuyo hijo acababan de aplicarle una vacuna equivocada. Una enfermera, la autora de la proeza. No la del helado, quizá, pero otra como ella. Pero no. No me alcanzó el autoritarismo. No logré superar el suyo. Así que me conformé, o no me conformé, con explicarle, con escasas palabras y menos paciencia, que si no dejaba de hablar estupideces le iba a enchufar el cucurucho en el culo. El suyo, no el nuestro, claro está. Declaración después de la cual la enfermera desapareció de la heladería protegiendo su cucurucho, protegiéndose de su cucurucho, y rumbo a otras heladerías a proteger a otros niños de una garantizada laringitis.

Qué me pasa con mi país. Dónde están los símbolos. Busco los ademanes que me pautaron, los caracteres que se iban encendiendo para despabilar el camino por el que me había acercado a mí misma. Busco la gran metáfora, la gigantesca palabra que me tradujo el mensaje de la vida. No hay. No hay más, pareciera. O lo que está me es inaccesible. Se me esconde. Parece querer, no sé, burlarse. Dónde estoy. No sé dónde estoy. Acá, y de eso tengo menos dudas que las que pudiera abrigar la enfermera redentora en torno a todas las laringitis del mundo, no estoy. Acá no estoy.

¿Será que ese exilio, aquél, ahora es, además, otros exilios? ¿Será que el primer exilio va a reproducirse, desdoblarse como un acordeón, como una sucesión de espejos unidos en ángulo? ¿Será que desde ahora el exilio fundamental, el que fue indispensable para salvar la vida, va a repetirse en otros, indefinidamente, sin límites, sin bromas, sin dudas y sin alternativas? ¿Será que del exilio no hay retorno? ¿Será que me he transformado en una especie de exilio ambulante? ¿Cóncavo? ¿Convexo? ¿Centrífugo? ¿Centrípeto? ¿Concéntrico? ¿Paracéntrico? ¿Exilio interior dentro del exilio exterior, capas de la cebolla, cajas chinas, mi exilio? ¿Todos los exilios? Células óseas, terminaciones nerviosas, glóbulos rojos y negros, azules y púrpura, traslúcidos y cubiertos de opacidades, mi exilio. Ladrido, carcajada y secreción de humores y de hormonas. Marcas de millones de pies sobre la epidermis obturándome los poros. Sequedad y humedad de los interiores de la nariz. De los senos frontales. Orines sabios, orines plagados de ignorancias inmodificables, enraizadas en la propia vejiga. Cabriola, resorte de los tiempos, extensión hacia los infinitos puntos cardinales, espada infinita removiendo la base del estómago, las entrañas de la tierra, ardor inequívoco, inconfundible, nunca desalojable, inflamación de las cuerdas vocales, gota asomando de un ojo, lo que algunos llamarían lágrima, que converge, humectante, goteo astringente. Permanencia. Discusión con la intemperie. Establecimiento de ciertas alegrías. Pelea contra el árbol, la flor y la falta. Durazno dulce y jugoso del verano, el exilio. Encuentro sorpresivo y nunca erradicable de los dientes con el carozo. Carozo de durazno, que no necesita adjetivos.

Aquí, donde nací, donde fui quien soy, de donde me fui y a donde he vuelto, no estoy. Aquí, donde trabajo para sobrevivir, donde escribo, donde crío a mi hija, donde quiero, de algún modo, a un hombre, donde está por publicarse mi primera novela, donde como, donde mi hija come, donde orino con el particular sonido de mi orina, donde me reúno con mis amigos, los viejos amigos que han esquivado la muerte, los nuevos amigos, no estoy. Tampoco estoy, tampoco estoy, tampoco estoy, aclaremos, caminando por las festoneadas orillas del océano, apretando las plantas de los pies, jugando a dejar una huella ineficaz contra las arenas húmedas y calientes de las playas que le dan forma al oeste de la extendida ciudad de Los Ángeles.

Y qué se hace para estar donde se está. Qué se hace para lograr que la mente siga al cuerpo o para que el cuerpo no se resista a las direcciones que elige tomar la mente. Llegar a donde uno está, finalmente. Y ser capaz de permanecer allí. Que el cerebro llegue a donde el cuerpo está y lo espere. Qué. Cómo. Apretar los puños. Clavarse las uñas en las palmas de las manos conteniendo la respiración. Quedarse. Quedarse. Enlazar la mente al cuerpo. Atándola. Adhiriéndola con goma de pegar. Pero no, eso no funciona en las zonas húmedas del cuerpo. Bueno, entonces: alambres. Costuras con alambres. Que sujeten. Que afirmen la mente y el cuerpo en sus respectivos lugares. Evitar la diversificación. La disolución. Cuáles son los respectivos lugares. Qué espacio les corresponde. Qué es espacio, qué es lugar. Qué significa que a algo le corresponda un sitio.

Cómo logramos estar completos donde estamos. Quién establece dónde realmente estamos. Quién decide dónde debemos estar. Quién dijo que la función de la mente es la de controlar las locuras del cuerpo. Quién piensa que sería catastrófico que el cuerpo no obedeciera los mandatos de la mente. Quién insiste en que la armonía es necesaria. Cuál es la armonía necesaria. ¿Estamos desmembrados los que tenemos el pie derecho en Madison, la mano izquierda en Lusaka, el meñique de la mano derecha en El Cairo, el hígado en Nueva York, la nariz en Buenos Aires, los muslos en Barcelona y el aparato digestivo en Los Ángeles?

Qué es no estar desmembrado. Cómo se entiende ese concepto. Por ejemplo: Fernando, el no desmembrado, nació en Argentina, en la ciudad de Córdoba. Creció allí y también allí hizo las escuelas primaria y secundaria. Fue a la universidad en Córdoba. Estudió geografía y logró su título en no más de tres años. Le gustaba su carrera. Se dedicó seriamente. No le fue difícil, al poco tiempo de haber terminado los estudios, conseguir un puesto en la facultad en la que se había recibido. Tuvo oportunidades de viajar por América, incluso por Europa y África, pero no se entusiasmó. Quizá hablaba demasiado, en términos de su geografía, de todos los países del mundo. En clase a los estudiantes, a sí mismo en su casa. El resultado fue que a los 48 años nunca había salido de Argentina. Incluso hasta el final de su vida no salió. Nunca salió, en realidad. Pero tenía, eso sí, una esposa, que era profesora de historia en una escuela secundaria, y tres hijos, dos de ellos adolescentes. Una situación financiera estable, no demasiados amigos, pero los suficientes como para que no le faltara a dónde ir o para ser visitado los sábados en la noche. Solía, también, ir al cine los domingos con toda, o casi toda, la familia. No tenía los pulmones en Estocolmo, el hombro derecho en Sidney, un ojo en Viena y la frente en Tokio. Tenía todos sus miembros en Córdoba: los miembros de su cuerpo, los miembros de su familia, los miembros de su pensamiento y los de sus ideas. Nada relacionado con él cruzaba las fronteras de la ciudad de Córdoba. Fernando estaba, permanecía, entero. O al menos sus partes estaban ensambladas de tal forma que le permitían sentirse entero. Quizá los ciegos también disfruten del beneficio de una solidez interior que, de conocerla, podríamos aprender a envidiar los que nos hemos llenado de ojos sin pedirlo.

Sin embargo sigo preguntándome: qué es no estar desmembrado. Qué es la cohesión. Quiénes son, dónde están los que gozan de tan genuina solidez.

258 Con la nariz (y tal vez también con una rodilla) en Buenos Aires un día se publica esa primera novela, y se organizan las presentaciones, y a la salida de una de ellas pueden esperarla a una dos tipos de pelo oscuro y muy corto, con anteojos oscuros en plena noche, con camperas de cuero negro y jeans. Para decir, para expresar un mensaje de alguien,

cuyo contenido seguramente comparten con los creadores del siguiente texto: Vení para acá. Vení acá que te tenemos que decir un par de cositas. Y escuchá bien. ¿Qué te creés que sos? ¿Cómo te atrevés a volver al país y encima para publicar esta sarta de mentiras? Te vamos a hacer cagar, boluda. Desaparecé de acá y llevate a tu hija, que en cuanto te descuides las hacemos cagar a las dos. Y agradecé que te lo estamos advirtiendo. Cuatro años de andar por esta zona jodiendo son suficientes. Éste no es tu país. No te confundas. Éste es el país de los patriotas. Y no te hagas la sorda si no querés que actuemos.

Y se alejan caminando, con la lentitud del que sabe lo que dice. O del que cree saberlo. O del que no sabe nada pero disimula muy bien su ignorancia. No creo que yo vaya a detenerme en el intento de dilucidar la diferencia entre cualquiera de estas posibilidades y alguna de las otras.

259

Se entra y se sale. Se sostiene el mundo con una mano y con la otra se borronean las incertidumbres y las dudas que el mismo mundo nos cortajea en el cuerpo. Se abren los ojos y se los cierra según nos obliguen la dirección y la intensidad de los vientos que soplan, irremisibles, en el hemisferio que nos ampara. Se da medio paso adelante, entre tambaleos y sonrisas de justificación, y se retroceden cuatro. Se retoman fuerzas y se da un salto que equivale a diez pasos y con el bajón de adrenalina se retroceden dos, y la callada alegría nos fortalece para la próxima batalla. Se entra a la risa y se sale de la risa como si fuéramos expertos en el tema de cuándo reírse y cuándo mantener la moderación de una mueca turbada, confusa, indefinida. Se aspira y se contiene el aire en los pulmones, alternadamente, como para encerrar dentro de uno las luces, las iluminaciones, los guiños que se concentran y se esparcen por la ensanchada atmósfera hacia un lado y hacia el otro. Y se suelta el aire y se sienten la pérdida de la luz y el advenimiento de las sombras y de los fantasmas que acechan y no acechan. Se entra en el fragor del llanto y se abre, uno, camino a través de él, de sus contenidos de lava en ebullición, hasta dejarlo atrás vencido, aniquilado. El llanto aniquilado, su batalla perdida, y esa especie de calma abrumadora. Se entra con los brazos extendidos, de sonámbulo, y con los brazos de sonámbulo, extendidos, se emerge de la serie alucinada de interrogantes, de preguntas, de intentos de respuestas. Se abandonan los diversos incendios con las espaldas en llamas y se corre, se corre, huyendo de tanto fuego, y se lo aviva en la desesperación, se lo completa, se le agregan los detalles, las intensidades, y se le aplican los máximos impulsos. Los ojos en la nuca, los de los codos, los de las dos rodillas y los que siempre han estado allí, bajo la frente, se habrán dañado, es cierto. Pero por esa razón están los párpados, temblorosos, emocionados, dispuestos al salvataje y a subir y bajar con la lentitud de un sordo distraído. Se salta hacia afuera del camino, se disfruta del barro fresco de los costados sin pavimento ni plantas y se aprende a curiosear, con fobias y con ascos a cuestas, en los cadáveres carcomidos y malolientes de los pájaros que de pronto han interrumpido el vuelo, de los ciervos, de los gatos tomados por sorpresa. Y se retoma el andar sobre el gris apisonado y caliente del asfalto casi con el mismo empuje, con una vehemencia casi equivalente a la del atardecer anterior. Se logra abandonar un laberinto, otro laberinto, y otro, y se va avanzando hacia el siguiente como si no hubiera más que laberintos, como si los laberintos fueran la única forma de existencia.

Con sus recovecos. Con sus esquinas y sus trampas. Y se circula por él mareado, guiado por la hipnosis de los días, tratando con cierta intensidad de sobrellevar los efectos de esos accesos de lucidez que, inevitablemente, nos rescatan del laberinto presente y nos instalan en el próximo. Se entra en un estado de exilio, se lo abandona y se compromete uno con el que nos espera en el momento inmediato, y rellenamos nuestros huecos de exilios y más exilios como se rellenaban los viejos colchones de lana, las viejas muñecas de estopa, y nos alimentamos de ellos, porque lo que no mata alarga la vida, y la nutre y, si hacemos un esfuerzo, hasta le agrega belleza.

Con una mano se sostiene el mundo y con la otra se van empujando hacia adentro las puntas blancas de los huesos que asoman por las aberturas, las heridas infringidas a lo largo de los años, de la historia, de la sucesión y de las acumulaciones.

Se entra a los acontecimientos, se sale de ellos deslizándose sobre patines de diferentes naturalezas: los que nos salvan; los que no son capaces de distinguir entre un camino liso y el que ha sido salpicado con piedras y con clavos; los que han aprendido a soslayar los riesgos y avanzan a velocidad regular, a varios centímetros de distancia del suelo. La Historia no espera. Sólo se sienta a descansar de sus correteos y mira hacia atrás, distraída, ya otra vez sobre la marcha, y no está interesada en si la alcanzamos o si la distancia entre ella y los que intentan protagonizarla es más larga a cada instante. Ausente, sigue su propio ritmo.

Y ya que lo que no nos ha matado nos nutre y nos sustenta, se constituye en la vida misma. En sus alergias, en sus fibrosidades, en sus silbidos asmáticos y en sus risas desbordando hacia los costados de lo que vamos siendo día a día. De nuestro recorrido cotidiano. Sobre patines o descalzos, las plantas de los pies engrosadas y oliendo a pasto pisoteado, a barro, a ripio, a brea. A la canción que se va tarareando. Porque es cierto que se canta, es cierto que se entonan algunas melodías, u otras, y que se inauguran nuevas, cada tanto una nueva, mientras se observan las hojas lacres del otoño, se hunde una ramita en el hormiguero de la esquina, se escupe el gusto agrio de la noche, se agrega el acento para destruir un diptongo, se descubre un rayoncito nuevo en la pared de la sala, se lamenta la pérdida de un aro, se medita la necesidad de comprender un logaritmo, se espera que haga efecto la tintura que enrojece las canas, se busca denodadamente un libro que cómo puede ser, dónde lo puse, se arranca con la pinza ese pelo que dale y dale, no renuncia, se tocan de oído las teclas de un piano ajeno, se ponen los pies en remojo en agua con sal, se cuentan una y otra vez los dedos, se observan las uñas, se las corta, se las emprolija, se las lima, se ocupa uno de detalles que vuelvan las uñas de los pies a lo que fueron tiempo atrás: lisas, suaves, redondeadas. Se toca, se presiona, se retuerce el hueso del juanete, como para asegurarse de que allí están, firmes, el juanete, los dedos del pie, como para comprobar que no hay dudas, que sí es posible contar con su dolorida presencia, que están, que son la parte final y el sostén de ese cuerpo que nos hace, que nos define. Que no dudan en socorrernos en cualquier emergencia de carrera, de escape, de baile caótico o de danza más dada al estilo clásico, de tranqui-la caminata, o de apresurada caminata, o de salto: adorados pies, los propios, míticos juanetes, los que nos transportan de una orilla a la otra del acantilado, mientras los ojos y todas sus habilidades nos instruyen en los oleajes, nos informan de las voracidades, nos adiestran en lo que se agita por debajo del aire, en lo que se estremece, se retuerce, hierve, en los fondos de ese abismo del que nos va salvando la elasticidad de los viejos, renovados resortes. Íntimas, privadas, tantas veces compartidas ballestas.

Mientras vamos recreando, reinventando el salto. La acrobacia. La pirueta. En el centro del equilibrio. En el cruce de las coordenadas que encuentran, a la vez, el silencio y la estridencia. Punto en el que el aire se decide a ser inmortal.

Los Ángeles,
27 de diciembre, 2000

Sobre la autora:

ALICIA KOZAMEH es autora de siete novelas: *Pasos bajo el agua, Patas de avestruz, 259 saltos, uno inmortal, Basse danse, Natatio aeterna, Eni Furtado no ha dejado de correr y Bruno regresa descalzo;* de cuatro volúmenes de poesía: *Mano en vuelo,* y los tres primeros de los cinco del proyecto *Sal de sangres: Sal de sangres en guerra, Sal de sangres en declive, Sal de sangres en pánico* y la colección de cuentos *Ofrenda de propia piel,* entre otras muchas publicaciones. Sus libros están traducidos a varios idiomas y son parte de programas de estudio en muchas universidades de Europa, Latinoamérica y Estados Unidos, a las que la autora viaja invitada a hacer lecturas y a dar conferencias. Alicia Kozameh fue prisionera política en Argentina durante la última dictadura cívico-militar, y parte de su obra está dedicada a reflejar sus experiencias y las de sus compañeras en las cárceles de la Argentina de los '70/'80. Actualmente vive en Los Ángeles, California, donde escribe y donde continúa la escritura de dos volúmenes de poesía que completarán el proyecto Sal de sangres: *Sal de sangres en incendio* y *Sal de sangres en sangre.* Enseña creación literaria en Departamento de Inglés de Chapman University.

Otras publicaciones de

Ars Communis Editorial

WWW.ARSCOMMUN.COM